光文社文庫

文庫書下ろし

ひとひらの夢

日本橋牡丹堂 菓子ばなし㈩

中島久枝

この作品は光文社文庫のために書下ろされました。

目次

鹿の子の思い

一

空が暗くなったと思ったら、ごろごろと雷が鳴りだした。

「ひゃあ」と声をあげて耳をふさいだのは十二歳の清吉ではなく、今や一児の父である留助だ。

「虫出し雷だ。啓蟄のころに鳴る雷を俺の田舎じゃそう呼ぶんだ」

親方の徹次が言った。初めて聞く言葉に小萩は首を傾げた。

「雷の音に驚いて虫が出てくるんだ」

小萩の夫で、菓子職人の伊佐が教えてくれた。

二十四節気七十二候では蟄虫啓戸——巣ごもり虫、戸を開く。陽気が地中に届き、縮こまっていた虫や蛙、蛇たちが穴から出てくる時期とされる。

行きつ戻りつしながらも日差しは日ごとに明るく、風はおだやかになり、春の気配を感じるようになった。季節を先取りする菓子屋には、初蝶、椿、桃などを描いた季節の生菓子が並んでいる。
春はすぐそこだ。

花の大江戸、中でも人が集まるのは日本橋である。北の橋詰めには一日千両が動くという魚河岸があり、駿河町通りには天下の豪商三井越後屋をはじめとして、名のある見世が軒を連ねている。ちょいと脇道にそれた浮世小路の中ほどに二十一屋という菓子屋がある。菓子屋（九四八）だから足して二十一という洒落で、のれんに牡丹の花を白く染めぬいているので牡丹堂と呼ぶ人もいる。大きな見世とはいえないが、粒あんをやわらかな皮で包んだ大福から、茶人好みの端正な姿の季節の生菓子まで、どの菓子もおいしくて美しい。

二十一屋の主で親方を務めるのは徹次。職人は、徹次の息子の幹太、留助と伊佐で、小萩はその端のほうに名を連ねる。その一方で、小萩庵という看板を出させてもらって、お客の注文を受けている。

小萩は前の年の春、祝言をあげて伊佐と所帯を持った。小萩庵があって牡丹堂の仕事もして、伊佐と助け合って家事もする。忙しい毎日だ。

ほかに十二歳の見習いの清吉、見世と奥の手伝いの須美。

室町の隠居所には二十一屋をはじめた弥兵衛とその女房のお福が暮らしている。

「小萩庵ってのは、あたいの希望に合わせて菓子を誂えてくれるところだよね」

やって来たのは、まだ頬に幼さを残した十歳の娘、茜だった。小萩が小さな坪庭の見える奥の三畳に案内すると、座敷の座布団にちょこんと座った。くるりと周りを見回し、茜は大人びた様子で言った。

「いい見世だね。菓子屋は小豆を炊く匂いがするんだ。うちは紺屋（染物屋）だから、一年中、藍の匂いがするんだよ」

はじめて来た場所なのに物おじせず、小萩相手とはいえ少々乱暴な口調でしゃべる。一体、どういう子なのだろう。

小萩は不思議な気持ちで少女の顔を見つめた。

須美が茶と大福を勧めると、さっそく手を伸ばした。

「おいしいね」と言って目を細める。その様子は年相応だ。

「えっとぉ、その、お客さま、今日はどのようなご注文ですか」

「そのさ、お客さまっていうのはやめてくれないかな。くすぐったくていけねぇや。茜でいいよ」

たしかに十歳の少女に「お客さま」は、少々堅苦しい。小萩は頰を染めた。気を取り直してたずねる。

「では、茜さん。それで、どんなお菓子がいいですか」

「うちは神田の染松っていう紺屋なんだ。ちっとは知られた見世なんだよ。おとっつあんは死んでしまったから、今、見世にいるのはおっかさんと死んだおとっつあんの弟子の岩蔵っていう職人なんだ。注文っていうのはね、岩蔵兄のための菓子をつくってほしいんだ」

「岩蔵さんのお祝いですか」

茜はふうんと宙を見つめた。

「お祝いっていうかぁ……、お願いだね。岩蔵兄にあたいのおとっつあんになってもらいたいんだ」

「えっ、おとっつあんですか」

小萩は目を丸くして茜の顔をまじまじと見つめた。

丸顔のふっくらとした頰。長いまつげに縁どられた大きな目がきらきらと輝き、くるくると表情が変わる。日に焼けて、敏捷そうな体つき。艶のある黒髪をお団子にまとめ、藍色の木綿の着物に胡桃色の帯をしていた。

次の言葉が出ずに困っている小萩の顔をちらりと見ると、大福の残りを口に入れ、もぐもぐと食べた。

「あたいの本当のおとっつあんは腕のいい染めもの職人だった。おっかさんは鹿の子絞りが得意。二人ではじめた染松だったんだけど、七年前の冬、おとっつあんは流行り病で死んじまった。それから、残されたおっかさんと弟子の岩蔵兄で染松を引き継いだ。今じゃ岩蔵兄は評判の職人だ」

「岩蔵さんはおいくつなんですか」

「二十四。おっかさんは二十九だ。おっかさんのほうがちょいと年上だけど、年恰好は悪かないだろ」

「ええ、まぁ」

小萩はあいまいに答えた。

「これがうちの染めなんだ。見てくれよ」

懐から手ぬぐいほどの布を取り出した。江戸で人気の團十郎茶と呼ばれる、柿渋と弁柄で染めたくすんだ赤茶色である。細かな鹿の子絞りがほどこされている。

「粋な色ですねぇ。この色を上手に出すのは難しいんでしょ。きっと岩蔵さんは腕のいい職人さんなんですね」

「そうだよ。うれしいなぁ。ちょいと赤が強くても、茶に転んでも野暮ったくなっちまうんだ。岩蔵兄はほんとにすごいんだ。そんで、この絞りはおっかさんだよ」

小鹿の背の斑点のような模様が整然と連なっている。小さな斑点ひとつひとつが布を糸でくくって絞ったものだ。こちらもいい手をしていた。

「なるほど、お母さまが絞りをして岩蔵さんが染めをする。二人で助け合ってお仕事をしているんですね」

「助け合っている……。うんそうだな。岩蔵兄は別のところに住んでいるんだけど、朝早く来て朝餉も一緒に食べる。仕事が忙しいときは夜も食べる。もう、本当の家族みたいな気がするんだ。だから岩蔵兄があたいのおとっつあんになってくれたらいいなって思うんだ」

無邪気な様子でにこにこと笑った。

所帯を持つ前の伊佐や留助もそんな風に一日の大半を牡丹堂で過ごしていた。とくに伊佐は子供のころに牡丹堂に来て、幹太と半ば兄弟のように育ったから、おかみのお福は本当の孫のように思っている。

だから、茜の気持ちも分からないではないのだが。

「……そうですねぇ。でも、そういうことはやっぱり、本人の気持ちが大事じゃないですか」

　小萩は遠回しに言った。

「本人の気持ちっていうのは岩蔵兄の気持ちってことか？」

「……それから、お母さまと」

　茜は不思議そうな顔をした。

「あたいがおとっつあんになってほしいって言っているんだ。あたいは本人じゃないのか？」

「えっと、ですから……」

　小萩は困ってしまった。

「岩蔵兄っていうのは、本当にいい男なんだよ。腕は松の根っこみたいに太くて、体はがっしりとしているんだ。余分なことはしゃべらない。だけど胸の中は熱いんだ。まっかな血がどくどく体をめぐっているんだな。おとっつあんが死んだときは、岩蔵兄もまだ半分子供だったんだろうけど、今はもう、いっぱしだよ。おっかさんも頼りにしている」

「……でもね、そういうお二人なら、茜さんがあれこれ心配しなくても、そのうちうまくいくのではないですか」

「だからぁ、そのうちを待っていたらだめなんだよ。急がないと。おっかさんに後妻（ごさい）の話が来ているんだ。しかも、日本橋の鴨川屋っていうでっかい染物屋なんだよ」

分からない奴だなぁというように、茜は自分の膝をたたいた。

「鴨川屋さんですか……」

日本橋の鴨川屋は手代が何人もいる京下りの染物屋である。京に工房があり、そこで染めさせた華やかな友禅染めを得意とし、大名や旗本、裕福な商人などを顧客としている。

小萩も祝言の祝いに鴨川屋の半襟をもらった。ひわ色というのだろうか、黄色みの強い明るい萌黄色だ。女房になったからには娘時代のような薄紅色は使えない。かといって灰や茶では渋過ぎる。ひわ色は顔映りよく、小萩を品よく、華やかに見せた。

「話を持ってきたのは近所のばあさんなんだ。まったく余計なことをしてくれるよ。『お光さん、おひとりじゃ心細いでしょう』なんて言ってさ。鴨川屋の前の奥さまは四年前に亡くなっている。せっかくの腕があるんだから、これからは楽しみとして絞り染めをすればいい。岩蔵兄に染松を譲れば、染松の名前も残るって言われたんだ」

「……いいお話ですねぇ」

「そうだよ。いい話過ぎて困っちまうよ。……おっかさんも『どう、思うかい』なんてあたいに聞くんだよ」

茜は大きなため息をついた。

「おとっつあんになる人にはまだ会ったことはないけど、五歳の男の子がいるらしい」

「もうひとつ、お菓子はいかがですか。お菓子もございますよ」

須美が絶妙の頃合いで新しい茶と生菓子を三つ運んできた。

「初蝶」は菜の花畑をちらちらと舞う初蝶をかたどって黄色と白に染め分けた薯蕷煉り切り、「桃の花」は薄紅色のきんとんで若葉を思わせる淡い緑をちらしている。もう一つは煉り羊羹を白い軽羹で包んだ「春の雪」だ。

「きれいだねぇ。どれにしようか迷っちまうよ」

「だったら三つともいかがですか。食べきれなかったらお包みします」

須美の言葉に茜の顔がとろけそうになった。さっそく初蝶に手を伸ばす。

「おいしいねぇ。こんなに手間をかけてきれいな姿に仕上げて、食べてしまえばなくなるんだから菓子ってのは贅沢なもんだ」

茜は桃の花と春の雪を吟味するように、真剣な表情で眺めた。

「三つともきれいな菓子だけど、一つを選べと言われたら春の雪だね。あたいはこの紫とも茶ともつかない深いあんの色が一番好きだ」

「牡丹堂は小豆をよくさらしているから、あんの色が華やかでしょ」

「うん。それに粋だ。つくっているのはどんな人だい。職人さんだから真面目だろ」

「親方はとっても一徹な人です。職人さんは……冗談を言う人もいますけど、やっぱりみんな真面目で一所懸命です」

「そうだよ。腕のいい職人ってのはそういうもんなんだってさ。岩蔵兄も真面目で一途で一所懸命なんだ。自分はいつも藍染の古い着物を着ている。忙しくなると顔を洗うのも忘れちまう。野暮天なんだ。それなのにさぁ、芸者さんがうっとりするような粋な色を出すんだ、おかしいだろ」

「岩蔵さんのことが大好きなんですね」

「そうだよ。大、大、大好きだ」

茜は遠くを見る目になった。

「おとっつあんが死んだとき、あたいは三つだった。だから、おとっつあんのことをあんまり覚えていないんだよ。どっちかっていえば、岩蔵兄との思い出のほうがたくさんあるよ。神田明神のお祭りに行ったとき、肩車してもらったこととかね。岩蔵兄は西瓜が好きなんだ。どっちがはやくたくさん食べられるか競争したよ。それは、あたいがもっとずっと小さかったころの話だね。このごろは仕事を手伝っている。ちょっとした届け物とか、洗い物とか、いろいろ。あたいは岩蔵兄が働いているのを見るのが好きなんだ。働いているときの岩蔵兄はかっこいいんだよ」

得意そうな顔になる。

「でもね、自分のためばかりじゃないんだよ。おっかさんにとっても、岩蔵兄は大事な人なんだ。おとっつあんが死んで子供のあたしを抱えて、おっかさんは淋しくて不安でたまらなかったと思う。そのとき、岩蔵兄が言ったんだ」

——おかみさん、俺がいますから。親方の代わりにならないことは分かっていますけど、精一杯やらせてもらいますから、なんとか染松を続けていきましょう。

「おっかさんはそれで腹が決まったんだ。今までの取引先に頭を下げて仕事をもらってきた。昼は岩蔵兄を手伝って染めの仕事をして、夜は鹿の子絞りをした。岩蔵兄は取引先から何度突っ返されても粘り強く工夫を重ねた。それで自分でも納得の色が出せるようになったんだ。おっかさんは岩蔵兄が支えてくれたから今までやってこられたって言っている。岩蔵兄だって同じだよ。おっかさんがいたから頑張れたんだ」

「一人じゃできないことも、二人なら乗り越えられますよね」

小萩は大きくうなずく。

「岩蔵兄はおっかさんに惚れている。一言も言わないし、素振りにも見せない。おっかさんだってそうだよ。だけど、あたいは分かるんだ。気持ちが通じているんだね。おっかさんの一番大事な人は岩蔵兄で、岩蔵兄の大切な人もおっかさんだ。あたいのおとっつあんになる人は岩蔵兄だよ。ほかにはいないんだよ」

茜は黒い瞳をきらきらと輝かせて「惚れている」と言った。

小萩はその言葉を清々しい気持ちで聞いた。

それは惚れた腫れたというような浮ついた気持ちではなく、長い年月が培ったお互いへの尊敬や信頼を指しているに違いない。

茜がしゅんとした顔になった。

「でも、このままではおっかさんは鴨川屋の話を受けると思う。それは自分のためというより、あたいや岩蔵兄のためなんだ。おっかさんて人はいつも自分のことは二の次で、あたいや岩蔵兄のことを考えている。でもさぁ、幸せっていうのはきれいな着物を着たり、贅沢なご飯を食べることじゃないよね。あたしが考える幸せっていうのはさ、にこにこ笑って今日もいい日だったねってご飯を食べることだよ」

小萩はうん、うんとうなずく。茜は膝の上の團十郎茶の鹿の子絞りの布を畳んだり、広げたりしながらつぶやいた。

「……岩蔵兄だってそうだよ。あいつもこういうことになると、てんでだらしがねぇんだ。染松の今の暮らしが幸せってもんなんだよ。これ以上のもんはほかにはねぇんだ。そんなことも分からねぇのか。あいつは本当に朴念仁だよ」

茜は悔しそうに口をとがらせた。

「だからさ、菓子をつくってほしいんだよ。岩蔵兄の目を覚まさせるようなやつをさ。あたしやおっかさんがどんなに岩蔵兄を頼りにしていて、今の暮らしがすばらしいのか、気づくようなさ」

黒い瞳がまっすぐ小萩を見ている。

「……ううん。困りましたねぇ」

小萩はため息をついた。

茜の気持ちはよく分かる。そして、おそらくだが茜の母親と岩蔵の気持ちも。お互いを思いやっているからこそ、口にできないこともある。

――大人っていうのは茜さんが思っているほど簡単じゃないんですよ。

「一つ相談なんですけどね、たとえば茜さんから岩蔵さんへの文を書くことはできますか。それを菓子に添えるとか」

「文かぁ」

茜は口をとがらせた。

「素直な今の気持ちを伝えたらどうですか。岩蔵さんは茜さんにとってとても大切な人だから離れたくない。自分は今まで通り染松の暮らしを続けていきたいとか」

「おとっつあんになってほしいっていうのは？」

「……急に言われたら、驚くんじゃないですか」

「そうだよね。いきなり、おとっつあんはだめだな。あたいから菓子をもらったら、それだけでもびっくりするか。……あい、分かった。そのあたりは、こっちで考える。菓子はあんたが考えてくれ」

茜は元気よく立ち上がった。

そんな風にして菓子を請け負ったが、贈る相手のことが分からなければ考えようがない。手始めに神田の染松をたずねてみることにした。

染物は糊（のり）や余分な染料を水で洗い流すから川沿いに工房を構えている。染松も神田川沿いの紺屋の集まる一角にあった。

表に染松と書いたこぢんまりとした工房で、一階が見世と仕事場、二階が茜たちの住まいになっているらしい。

工房の前に立つと、川の方からタン、タンという軽やかな音が響いてきた。

川をのぞくと、力のありそうな若い男が反物（たんもの）を水にたたきつけていた。タン、タンというのは、反物が水を打つ音だった。そうやって布についた糊や余分な染料を落とすのである。

春めいてきたとはいえ、まだ水は冷たいだろうに男は一心に仕事を続けている。四角い大きな頭に短い首、肩の肉が盛り上がっている。

タン、タン、タン。

腰で調子を取りながら腕全体で反物を振り上げ、水の面（おもて）に振り下ろす。そのたびに小さく水しぶきがあがり、水滴が光を受けてきらきらと光った。

周囲に張られた縄には團十郎茶、江戸紫（えどむらさき）、薄紅、ひわ色、若竹色（わかたけいろ）など色とりどりの反物がはためていた。

華やかな布に囲まれた男の姿は影のように見えた。死んだ主の意志を継いで、ひたすら母子を支えている黒子役。

あの男が岩蔵か。

小萩は肉の厚い広い背中を眺めた。

視線に気づいたのか、岩蔵が顔をあげた。

「ご精が出ますね」

声をかけると小さく会釈（えしゃく）を返した。

えらの張った四角い顔に濃い眉の細い目と小鼻の張った鼻梁（びりょう）があった。

茜の言ったとおり、まっすぐで一途な人だろう。口数は多くないが、胸のうちに熱いものを秘めている、そんな気がした。

見世に入ると、女が出てきた。

「少し見せていただいてよいですか」

「どうぞ。そちらにあるのは半襟と帯揚げです。ご希望のお色味があればおっしゃってくださいませ」

鼻筋の通った細面(ほそおもて)の美しい人だった。黒い瞳の目元が茜とよく似ていた。茜の母親のお光に違いない。

棚には色とりどりの半襟が重ねられていた。どれも美しい色合いだった。

小萩はついつい夢中になって眺めた。

少し前なら薄紅や鳥(とり)の子色(こいろ)だったが、この前、茜が手にしていた布を見て以来、團十郎茶が気になっている。思わず手にとった。

「どなたかへの差し上げ物ですか」

「いえ、そういうわけではなくて。あんまりすてきな色だったので……」

「お若い方はかえって地味な色を好まれますね。その團十郎茶はとても人気があります。どうぞ、ごゆっくりごらんください」

「ありがとうございます」

小萩はしばらく品物をながめて見世を出た。

お光は二十九歳と聞いた。年相応の落ち着きがあり、しかも華やいだかわいらしさもある。

色にたとえるなら、なんだろう。

撫子色。

そうだ。わずかに青味が入った薄紅。秋の風に揺れる撫子の色だ。

そんなことを思いながら歩いていると、日本橋の駿河町通りにいた。鴨川屋は越後屋の角を曲がってしばらく行った先にある。

少し歩くと、春の日差しに蔵造りの見世の白い壁が輝いて見えた。たくさんのお客が出入りしている。藍色ののれんが翻って反物を背負った手代が現れた。客先へ向かうところだろう。

同じ染物屋でも、染松とでは格が違う。

お光はこの鴨川屋から後添いの話が来ているのか。

そうなったらお光はもうあれこれと商いのことで頭を悩ませることもないだろう。茜も稽古事をして、年頃になればそれなりの家に嫁に行く。岩蔵も自分の見世を持てる。

それはそれで、よい話ではないか。

小萩は思った。

思いついて川上屋景庵の主、お景をたずねることにした。お景は川上屋という老舗大店の呉服屋の嫁である。着物が好きで、商いが好きで、ついには川上屋景庵という自分の見世をもってしまった。

表通りに堂々と見世を構える川上屋がある。その脇の路地に入り、少し行くと玄関脇の睡蓮鉢に、金魚が泳ぐ家がある。小さく『川上屋景庵』の看板が出ているが、見世というより、裕福な隠居の住まいという風情だ。

案内を乞うと小女が出て来て、いつものように四畳半の座敷に案内される。

違い棚には九谷焼の香炉がひとつ。部屋の隅には朱漆塗りで月に蝙蝠の透かし彫りのある煙草盆がおいてある。さながら女主の家を訪ねるという風である。

最初は女物の着物を手掛けていたが、景庵ではひと味違う粋で風流な装いを求める殿方に狙いを定めた。着物はもちろん、草履に財布、印籠、煙管と一通りがそろうのである。

「どうだろうね、こっちの團十郎茶もいいけれど、海松色（茶味を帯びた深い黄緑色）も悪くないねぇ」

「やっぱりお目が高いわ。このこっくりとした色はお顔映りがいいんですよ。ほら、ね。男ぶりがあがりますよ」

「相変わらずおかみは商いが上手だなあ」

「また、なにをおっしゃるんですか」

明るい笑い声があって着物と帯、羽織の注文がまとまったらしい。

お客を送り出して、襖が開いた。

「お待たせしました。今日はお約束の日だったかしら」

上背のあるすらりとした姿に薄紫に華やかに八重桜を染めた着物がよく似合う。帯は白地に金糸銀糸の縫い取りのある帯である。いつもながらお景は季節を先取りしていた。

「じつはちょっと、教えていただきたいことがありまして」

「ふうん。でも、ちょうどよかったわ。一休みしたかったのよ」

お景は小女に熱いほうじ茶とあられを持ってこさせた。

「これ、その先に新しいお煎餅屋さんができたの。なかなかおいしいわよ」

お景はいい音をさせてあられを食べる。小萩も手を伸ばす。

熱いほうじ茶とあられの香りが部屋に広がった。

「じつは紺屋の鴨川屋さんのことでうかがいたいことがあって」

「あら、だめよ鴨川屋さんを紺屋なんて言ったら。あそこは京友禅（きょうゆうぜん）がお得意の京下りのお見世でしょ。友禅染屋さんって言わなくちゃ」

さっそくお景にたしなめられた。

「小萩庵もとうとう鴨川屋さんから注文をいただくようになった？」

「いや、そういうことではないんですけどね。でも、ちょっといろいろ教えていただきたいと思いまして」

「ふうん。どういうご用件かしらね」

お景は小萩の顔をのぞきこむ。

「まぁ、ともかく、いいことだわ。だって、京下りの染めの見世はあるけれど、鴨川屋さんは特別だもの。鴨川屋さんののれんの内側は江戸じゃないの。京（みやこ）なの。言葉もそうだし、働いている人の立ち居振る舞いもそう。置いているもののひとつひとつが江戸とは違うのよ。あたし、あのお見世に行くと、うらやましいっていうか、すてきっていうか、もう、胸がどきどきしてしまうの。今度生まれてくる時は、絶対京人（みやこびと）に生まれたいわ」

江戸っ子が自慢のお景も、鴨川屋は特別らしい。

「それほどすてきなお見世なんですね」

「そうよ。あの見世はご主人がまた、立派なのよ。京下りのお見世の中には江戸を下に見るところがあるでしょう。あのご主人はそういうところをちっとも見せないのよ。江戸は空の色も風の匂いも違う。住んでいる人たちの気風も京とは異なる。だから、江戸には江戸ならではの染めが生まれたんやね。江戸小紋はいいなって。ね、ふつう、そんなことを言わないでしょ。もちろん、自分のところの染めには絶対の自信があるからなんでしょうけど」

うっとりとした目をする。

「たしか奥様を何年か前に亡くされたんですよね」

お景の瞳がきらりと光る。勘のいい人だ。

「ああ、そっちのお話ね。たしか、あちらご主人に縁談が持ち上がっているんじゃなかったかしら。お相手は江戸の人よね」

「えっと、まぁ。いや、その」

小萩は困ってもぐもぐと言葉を飲み込んだ。

「そうねぇ。まぁ、江戸の人だと、いろいろと面食らうことも多いでしょうねぇ」

お景はあられをぽりぽりとかじる。

「そもそもね、京の人とあたしたちとじゃ、しきたりはもちろん、考え方からなにから全然違うのよ。たとえばね、こんな風にしゃべっていてね、これから人が来るからそろそろ帰ってもらいたいなぁって思うじゃない。そうしたら、あなた、なんて言う？」

「次のお客さんとのお約束があるから、そろそろいいですかって言います」

「でしょう。お互い忙しい身なんだから当然でしょ。でも、京じゃ、そんな風に言ったら失礼になると思うのね。で、『ぶぶ漬けでもいかがですか』って言うわけ。それを言われたら、ああ、そろそろお暇するときなんだなって思わなきゃいけない」

「ぶぶ漬けってなんですか」

「お茶漬けのことを京じゃそう呼ぶの」

「それじゃ、帰ってほしいって言うのと同じじゃないですか」

「そうよねぇ。鰯を鯛と呼んでも、食べたら鰯よ。鯛に変わるわけじゃないわ。だったら、そんな七面倒くさいことを言わないで、すっきりさっぱり言えばいいじゃないのって思うのが江戸っ子。でも、京の人はそう思わない」

五月の鯉の吹き流し。思ったことをすぐ口に出す。だが腹になにもないのが、江戸っ子である。裏がないから、言われたほうもあれこれ考えない。

「それから朝、家の前を掃除するでしょ。江戸だったら自分の家の前だけ掃けばいいけど、京ではそれはだめなの。他人行儀で失礼だって考えるの」

「じゃあ、ついでにお隣さんの家の前も掃くといいんですね」

「それじゃあ、汚れていますよって言っているみたいで、もっと失礼よ」

どうしたらいいのだ。

「だからぁ、ちょっとだけお隣さんの前も掃くわけ。いつもきれいにしていらっしゃるけど、今朝はたまたま、落葉があったのでついでに掃いておきましたよって感じにね」

「いろいろ気をつかうんですねぇ」

「そうなのよ。一事が万事でね、いちいち相手の気持ちを推し量ったり、言葉の裏を考えなくちゃならないわけ。……それからね、決まり事もとっても大事なの。たとえばこの着物よ」

ぽんと帯をたたく。

「とてもお似合いです」

「ありがと。あたしはいつも季節に先駆けて着物を着ることにしているのよ。梅の季節には桜、桜の季節には白の夏着物とかね。本当は暮れのうちに桜を着たいくらいなんだけれどね。それを見てお客さんは、そろそろ桜の着物も用意しなくちゃなって思うわけ。あたしはお客さんの欲しいという気持ちに火をつけるために着ているの。反物で見せるより、実際に着た方がわかりやすいのよ。でも、京ではそういう風に決まりごとに逆らうのは気持ちが悪いみたいね。これがあたしの商いのやり方ですって言っても、だめなの」

お景は少し悔しそうな顔になる。

「この前も、うっかり桜の着物のまま寄り合いに行ったら、京下りの呉服屋さんに『今日は、なんやぽかぽかといいお天気だすなぁ』なんて言われたの。すごく寒くて火鉢がなくちゃいられないような日なのにね。家に帰って気がついたわ。『いくらなんでも、気が早いんじゃないんですか』っていう意味だったの」

「うーん、それは、なかなか大変ですねえ」

小萩はうなった。

「そうよ。だからねぇ、そこのところはちゃんと料簡しないとね」

べらんめぇ口調でちゃきちゃきの江戸っ子を絵に描いたような茜の顔が浮かんだ。

母親のお光はともかく、茜は京人たちに囲まれてうまくやっていかれるだろうか。

「そんなに大変なことがあっても、お景さんは来世は京に生まれたいんですか」

「だからぁ、江戸で育つから大変なんじゃないの。京で生まれてれば、そういうもんかなって思うわよ。京の水で育つっていうのはそういうことよ」

小萩の胸のうちで茜は困った顔をしている。

茜が奥の三畳にやってきた。小萩は用意していた菓子の図を見せた。

「お菓子は二つにしました。ひとつは、白小豆の鹿の子です。お菓子の鹿の子はあん玉のまわりに皮が破れないようにていねいに炊いて、甘味をふくませた大粒の小豆をつけています。お母さんの得意な鹿の子絞りにかけました。もうひとつは、白小豆を散らした煉り羊羹です。一見したところは夜の闇のように黒いけれど、それは墨（すみ）の黒ではなくて、小豆の色が深まった黒です。歯切れがよくて甘味がしっかりとして、中に白小豆がちらほらと散っています。一見武骨（ぶこつ）で内側に軽やかで繊細なものをもつ岩蔵さんを考えました」

「うん、うん、二人にぴったりだ」

「じつはこの前、お見世をのぞかせていただいて、こっそりお母さんと岩蔵さんにお目にかかったんです。それで、このふたつを白の敷き紙を敷いた桐（きり）の箱に入れ、茜さんのお名前をいれた掛け紙をかけます。文を添えれば、気持ちが伝わると思います」

茜は目を輝かせた。

「うん。そんなら、さすがの岩蔵兄も大事な話だって気がつくね。それで、あたいの文を読むわけか。……だけど、困ったことがひとつあるんだ。まだ、文が書けないんだ。ね、だからさ、ちょいと一緒に考えてくれないか」

「私がですかぁ」

つい小萩もいつもの口調になってしまった。

そういうことなら須美の方が得意なのになと思いながら、小萩は筆と紙を持って来た。

「文なんて書いたことがないから、どういう風に始めたらいいのか分からないんだよ。やっぱり、季節の挨拶(あいさつ)から始めたほうがいいんだろ」

「今回はなくてもいいんじゃないんですか。……思っていることを素直に言葉にすればいいんだと思います」

「そうだな。よし、あたいが言うから、書いてくれるか」

「はい」

小萩は筆を執(と)った。

茜が大きな声で言った。

――岩蔵兄、あたいのおとっつあんになってください。

小萩は思わず筆を落としそうになった。

「いやいや、最初から、その話はしないって決めたじゃないですか」

「あ、そうか。うん、そうだよね。ついさ」

茜は頭をかく。

「やっぱりもう少し……、なんていうか……、今までありがとうから始めたらどうですか」

「あ、それはいいな。じゃあ、もう一度」

——岩蔵兄へ。

いつも、いい仕事をして染松を支えてくれてありがとう。おっかさんとあたいの傍にいてくれてありがとう。岩蔵兄がいたから、あたいはおとっつあんがいなくても、そんなに淋しい思いをしなくてすみました。

「どうだい？」

「いいと思います。この調子で続けましょう」

それから茜は岩蔵兄との思い出を語り、最後はお願いでしめくくることにした。

「『おっかさんと三人でおとっつあんの残した染松を続けていきたい』でいいのかなぁ。これで岩蔵兄は分かるかなぁ」

「察しがつくんじゃないですか？」

「あー、だめだ。岩蔵兄はなんでも、はっきり言わないと伝わらないんだ。黒なら黒。白なら白。『適当に塩梅して』じゃあ分からないんだよ」

「……そうですか」

「やっぱりちゃんと『あたいのおとっつあんになってください』って書かなくちゃ伝わらない」

茜はきっぱりと言った。

「書くんですか？」

「そうだよ。あたいはおとっつあんが欲しいんだ。そんで、あたいのおとっつあんになる人は岩蔵兄しかいないんだ」

おとっつあんになってください。

それは重い言葉だ。

今だけではなく、これからもずっと茜の傍にいて喜びも悲しみも分かち合ってほしいということだ。

さらにいえば、岩蔵とお光が夫婦になることも意味する。

大丈夫だろうか。

一瞬、小萩は迷った。けれど、茜のまっすぐな強い眼差しを見て気持ちが変わった。

茜だから、茜にしか言えない言葉だ。

そのために小萩庵に来たのだ。

「そうですね。書いた方がいいかもしれませんね。いえ、書きましょう。ちゃんと岩蔵さんに茜さんの気持ちを伝えましょう」

小萩の言葉に茜はうなずいた。

「お菓子は明日にでもご用意できますが、茜さんがご自分でお渡ししますよね」

茜は急にもじもじした。

「だめだよ。だってそしたら、目の前でこの文を岩蔵兄が読むんだろ。そりゃあ、ちょっと恥ずかしいよ。悪いけど、あんたが届けてくれないか。昼過ぎなら、岩蔵兄も手が空いているんだ」

翌日、お光が外に出ている時刻を見計らって菓子と文を持って染松をたずねた。

岩蔵は工房で染め物をしていた。上背はさほどないが、肉の厚い大きな広い背中である。短い首に四角い大きな頭がのっていた。

「小萩庵という菓子屋ですが、岩蔵さんにお届けにあがりました。茜さまからの注文の品です」

小萩が声をかけると、岩蔵は一瞬不思議そうな顔をしたが、すぐに太い眉の下の細い目が穏（おだ）やかになった。

「俺に？　茜ちゃんから？　そりゃあ、うれしいなぁ。あの子は人を喜ばせるのが好きなんだよ。かりんとうかな、それともきな粉棒かな」

手を洗い、やって来たが小萩が差し出した桐箱を見て、おやという顔になる。

「文がございます」

岩蔵兄へと表書きのある文を差し出した。

桐箱の中の菓子を見て、岩蔵は微笑んだ。

「そうかぁ。これは謎かけだな。こっちの鹿の子はおかみさんだな。鹿の子絞りにかけてある。……とすると、もうひとつは茜ちゃんか。なんで、煉り羊羹なんだろう」

近くの空き樽に腰をかけて文を読みだした。

――……おとっつぁんが死んだとき、あたいは三歳でした。だから、おとっつぁんのことはぼんやりとしか覚えていません。大きな温かい手をしていて、あたいを抱き上げてくれました。

でも、よく考えると、それは岩蔵兄のことかもしれません。岩蔵兄はあたいを肩車してお祭りに連れていってくれたし、竹とんぼや独楽回しを教えてくれました。

あたいが近所でも知られたお転婆になったのは、岩蔵兄に遊んでもらっていたからかもしれません。

「はは、そうだよ。茜ちゃんは本当にお転婆なんだ。人形遊びなんか見向きもしないんだ。竹馬も木登りも上手なんだよ」

岩蔵は声をあげて笑った。

「分かったぞ。この文はありがとうの文なんだな。あの子は鴨川屋のお嬢さんになるからな。ね、そうだよね。だから、菓子は二つ、おかみさんと茜ちゃんだ。やっぱりそうだ」

勝手に納得して読み進む。

――あたいがさみしい思いをしなかったのは、岩蔵兄がいたからです。

今、おっかさんは鴨川屋から話が来ています。近所の人たちはみんな良縁だと口々に喜んでくれます。おっかさんが鴨川屋の後添いになったら、あたいも鴨川屋の娘ということになって、立派なお家に嫁に行けるのだそうです。岩蔵兄は染松の名をもらって工房を続けてもいいし、鴨川屋で働いてもいいのだと聞いています。おっかさんも得意の鹿の子絞りを続けられるそうです。

なにもかもありがたくて、うれしくて、いいお話だとおっかさんは言います。

でも、あたいはおっかさんが時々、淋しそうな顔をするのを知っています。おっかさんは自分のことより、あたいや岩蔵兄のことを先に考える人だから言わないけれど、本当の気持ちは、今までどおり染松を岩蔵兄と二人で続けていくことだと思います。

岩蔵の眉根が寄った。口がへの字になる。

文字を追う目が速くなった。

――鴨川屋は立派なお見世だけれど、あたいに京の暮らしは似合わない。きれいな着物を着て、お茶やお琴を習う暮らしがしたいとも思わない。おっかさんと岩蔵兄のいる今の暮らしが幸せなんだ。

岩蔵兄はどうですか。

「え、なんだよ。この文はどういうことだ？」

額に汗を浮かべていた。

――これはあたいからのお願いです。

岩蔵兄、あたいのおとっつあんになってください。三人でおとっつあんの残した染松を続けていきたいです。

文を持つ岩蔵の手がぶるぶると震えた。顔が真っ赤になっていた。

「これは……、この文は……、本当に茜ちゃんが書いたのですか」

「そうです。私は二十一屋で小萩庵という看板を上げさせてもらっています。お客様のご注文をうかがって、特別なお菓子をつくっています。先日茜さんが一人で来て、岩蔵さんにお願いしたいことがあると言って菓子を注文しました。菓子に添える文も書きました。それが、この菓子と文です」

岩蔵は黙っている。小萩は何か言わなくてはいけないと思った。

「びっくりされましたよね。でも、これは茜さんの正直な気持ちだと思います。文は茜さんが考えて私が代筆しました。煉り羊羹は岩蔵さんにぴったりだって喜んでくれました。

それから……」

「……そうですか。分かりました。ありがとうございます」

遮(さえぎ)るように言うと、くるりと背を向けた。

広く大きな背中が揺れている。

もう何も言わなかった。

小萩はそっと染松の工房を出た。外では茜が、岩蔵と同じくらい赤い顔をして待っていた。

「ね、どうだった？　岩蔵兄は喜んでいた？」

「最初はとても喜んでいました。でも、最後の、肝心なところを読んだらひどく驚いて。……背中を向けられてしまいました」

「そうかぁ」

茜は考えている。

「……でも、茜さんの気持ちは伝わったと思います」

「うん、そうだ。そうだよ」

「いい方に進むといいですね」

願いをこめて言う。

「いくよ。そんなの決まってる」

茜は明るい声をあげた。

二

牡丹堂の朝一番の仕事は豆大福をつくることだ。

幹太と小萩、清吉があん玉をつくる。それを徹次と伊佐で餅で包む。留助と須美が粉をまぶし、留助が番重に並べる。

あんを丸めるのは菓子屋の仕事の基本だ。指先で重さを量り、手の平で転がして丸める。この仕事が速く、正確にできるようになったら、饅頭や煉り切りやそのほかの菓子に進むことができる。

小萩の隣で幹太がすばやくあんをつかむ。くるりと指を動かすと、あんは丸くなる。無造作に見えるけれど、量ると一匁も違いがでない。指先に集中して仕事を進める。

小萩はその域には達していない。手が重さを覚えているのだ。やっと列に加えてもらった清吉はひとつひとつ秤にのせて確認している。

徹次や伊佐の手も休まず動く。手の平の上で白い餅がくるりと回転したと思うと、もう大福の姿になっている。

一仕事を終えて朝餉になる。

台所脇の板の間に徹次と留助、伊佐、幹太が座り、須美と清吉、小萩がご飯をよそい、汁を運ぶ。おかずは鰯の煮つけに芋の煮転がし、かぶのぬか漬け、汁の実は大根だ。

朝餉の間に徹次たちはその日の仕事を打ち合わせる。

「今日の注文はどうなっている」

徹次がたずねる。

「紅白饅頭が十箱、羊羹があれこれ十二棹。茶席の生菓子が二十です」

飯をかき込みながら伊佐が答える。

「じゃあ、羊羹はもうできているから、饅頭は伊佐で生菓子は幹太でいいだろう。どら焼きと最中を増やして」

答える徹次も汁を飲み込む。こうしてその日の分担が決まる。

「ごちそうさま」といっせいに腰をあげ、仕事場に向かおうとしたその時だ、見世の表で甲高い子供の声がした。

「茜だ。染松の茜だ。ちょっと出てきてもらえないか」

小萩が出て行くと、茜が息をきらせ、真っ赤な顔で立っていた。

「大変なんだ。岩蔵兄が消えちまったんだ。いなくなったんだよ。今、おっかさんが捜している」

急いで見世の中に入ってもらい、話を聞いた。座敷にあがると茜は堰を切ったように話し出した。

「書き置きがあったんだ。おかみさんと茜さんのご多幸をお祈り申し上げますって書いてあった。おっかさんが驚いて、何か知っているかって聞かれたから菓子を贈ったって話をした」

「文のこともですか」

「そうだよ。あたいのおとっつあんになってくださいってお願いしたって言ったら、おっかさんは怒った。それは、もう、びっくりするぐらいの勢いで。……殴られそうになった。お前がそんな余計なことをするから、岩蔵はいたたまれなくなって見世を出て行ったんだって。岩蔵に申し訳ない。あたしは恥ずかしいっておっかさんは泣き出した。おっかさんは岩蔵兄の郷里のおばさんと相談して、遠い親戚の娘さんと娶せようとしていたんだってさ。半月後にはその人が江戸に来て、見合いをする手はずだったんだ」

「岩蔵さんがどこに行ったのか、分からないんですか」

「うん。さっきおっかさんと岩蔵兄の長屋に行ったら、いなかった。荷物はあるんだけどね」

人の気配がして振り返ると、細く開けた襖の向こうで須美が手招きしている。

小萩が廊下に出ると徹次が難しい顔をして立っていた。

「一体どういうことなんだ。説明してくれ」

小萩は茜が菓子の注文に来た時のことから順を追って説明した。

「つまり、あの子が一人でやって来て菓子を注文した。その注文のわけっていうのは、見世で働いている岩蔵という男に自分のおとっつあんになってもらいたいってことか」

「そうです」

「うーん」

徹次はうなった。

小萩庵では家族のことなど、他人には知られたくない内輪の話をされることも多い。だから、お客の事情は徹次にもしゃべらないことがよくあった。

「ひみつを守るってことも大事だ。だけど、今回はお子さんからの依頼だ。しかも、父親になってほしいという。その言葉の重さを小萩は本当に分かっていたのかい」

「……分かっていたつもりです」

だから小萩も迷った。けれど、茜のまっすぐな気持ちに応えてあげたくなった。

「だが岩蔵さんはいなくなり、おかみさんは怒った。そうだな」

「申し訳ありません。考えが至りませんでした」

小萩はいたたまれない気持ちになって謝った。

「謝るのは俺じゃない。まずは、染松さんにうかがって事情を説明してお詫びしてくるんだな」

小萩は茜とともに染松に行った。

お光は疲れた顔で工房に座っていた。小萩の顔を見ると、整った顔の眉根が寄った。

「あなたはたしか。……いつぞやこちらにいらした方ですね。半襟をご覧になったけれど、あの時は私どもを探りに来たのですか」

「探るという気持ちではありませんでした。ただ、どういうお見世なのかと。岩蔵さんやおかみさんのお顔も拝見しておきたいと」

小萩はもう一度、最初から順を追って説明をした。茜がどんな風に真剣に気持ちを語ったのか、説明した。お光は黙って聞いていた。

——鴨川屋は立派なお見世だけれど、あたいに京の暮らしは似合わない。きれいな着物を着て、お茶やお琴を習う暮らしがしたいとも思わない。おっかさんと岩蔵兄のいる今の暮らしが幸せなんだ。

茜が書いた言葉を伝えたとき、お光の頰が白くなった。奥歯をぐっと嚙みしめていた。けれど、なにも言わなかった。

小萩の言葉が終わると、お光は静かにたずねた。

「……それで、菓子を届けたとき、岩蔵はどんな様子でした」

「白小豆の鹿の子と白小豆を散らした煉り羊羹を見て、岩蔵さんはおっしゃいました」

――菓子は二つ、おかみさんと茜ちゃんだ。

「その後、文を読み始めました。……最初は楽しそうに笑っていましたが、そのうちに顔をまっかにして……、手も震えて。『この文は本当に茜ちゃんが書いたのですか』とたずねられました」

お光はきつく目を閉じた。

「最後に、ありがとうございますと言われました。その後は背を向けて何もおっしゃらなかったので、私はそのまま工房を出ました。外で茜さんが待っていらしたので、伝えました」

お光は茜の方を向いた。

「今の話は、全部その通りなのですね」

「うん。そうだ。あたいだって考えたんだ。考えて、考え抜いて、そうしたほうがいいと思った。あたいだけじゃない。おっかさんも、岩蔵兄も、みんなが幸せになると思ったんだ」

お光の眉根が寄った。

「おっかさんだって本当は分かっているじゃないか。岩蔵兄はおっかさんに惚れている。おっかさんだって岩蔵兄のことを頼りにしている」

「茜、お前は自分がなにを言っているのか分かっていますか。そんなことがあるわけ、ないでしょう。岩蔵はおとっつあんの弟子ですよ」

茜を諭すように言った。

「あなたのしたことは、人の心を弄ぶことですよ。家族になってほしいなどということは、軽々に口にすべきことではありません。岩蔵さんは驚きました。それだけじゃなくて、もう、ここにはいられないと出て行きました。あの人にそうさせてしまったのは、あなたですよ」

「だって、本当のことじゃないか。あたいは子供だけど、それぐらいのことは分かるんだ。だれよりも二人は気持ちが通じあっている。おっかさんの一番大事な人は岩蔵兄で、岩蔵兄の大切な人もおっかさんだ。あたいのおとっつあんになる人は岩蔵兄だよ。ほかにはいないんだよ」

茜が叫んだのと頬が鳴ったのは同時だった。茜の目が大きく見開かれた。お光ははっとしたように自分の手の平を眺め、体を震わせている。

小萩は思わず茜を守るように抱きしめた。

「申し訳ありません。もう少し、私も思慮深くあればよかったと思います。でも、茜さんは思いつきや浮ついた気持ちでおっしゃっているのではありません。みなさんのことをよく考えて、それがいいと思ったから、私のところに依頼にいらしたのだと思います。だから、もう、あまり叱らないでください」

茜が頬を押さえて工房を走り出て行った。その後ろ姿を見送った小萩の背にお光の声がかかった。

「もう結構です。お帰りください」

牡丹堂に戻ると、みんなはいつものように仕事にかかっていた。

裏の井戸で鍋やしゃもじを洗っていると、伊佐が出てきた。続いて留助がやってくる。

「どうだった。おかみさんは怒っていたか」

伊佐がたずねた。

「ちょっとした修羅場だった。……茜さんが岩蔵兄はおかみさんに惚れているし、おかみさんも頼りにしているって言ったら、おかみさんは茜さんに手をあげた……」

「惚れているかぁ。そりゃあなぁ」

伊佐は大きなため息をついた。

「心の臓を一突きだな」

留助が言う。

「だけどね、茜さんの惚れているっていうのはいやらしい意味じゃないのよ。尊敬しているとか、気持ちが通じているとか、そういうことなんだから。親方が死んだのは七年前、残されたおかみさんはそのとき二十二で、職人は十七。それから、二人で力を合わせて親方が残した工房を守ってきたんだから」

「分かるよ。分かるさ。その年月の積み重ねの気持ちを言葉にしたら、惚れてるってことなんだろ。きれいなまっすぐな気持ちだよ。娘さんは間違ってない。それにさぁ、鴨川屋のご主人がどんなに立派な人か知らないけど、突然現れておとっつあんだよって言われてもなぁ。そんなら、兄さんと呼んでなついていた職人におとっつあんになってもらいたいと思うさ」

留助がしみじみとした言い方をした。

「まぁ、そうだけどさ」

伊佐が言葉を選ぶようにぽつりと言った。

「だけどさ、使用人と家の人っていうのは違うんだよ。そこを間違えちゃだめなんだ。それに岩蔵さんにとっておかみさんは師匠の連れ合いだろ。師匠が死んでも、岩蔵さんにとっては師匠なんだ。だから、つまり……、好きになっちゃいけない人なんだよ」

その言葉に小萩ははっとした。幹太から伊佐兄と呼ばれて慕われていても、牡丹堂のお福やそのほかの人から家族同様に扱われても、伊佐は頑なに牡丹堂の家族とは一線を引いてきた。お福に、こんなにかわいがってやっているのに他人行儀だと嘆かれてもだ。

「お前はそう言うだろうと思ったよ。その岩蔵って男も、きっと伊佐のような律儀な男なんだろうなぁ。だから、いなくなったんだ。だって、もう自分の役目は終わったんだ。おかみさんは日本橋でも指折りの大きな染物屋の後添いになる。今までの苦労は報われた。めでたいことじゃないか。どうぞ、お幸せになってくださいって気持ちよく送り出したいんだ。それが最後の仕事だって、岩蔵って男は思ったんだろ」

留助はしみじみとした言い方をした。

「鴨川屋の後添いのなるのが、そんなにいいことかぁ」

遅れてやってきた幹太がいきなり話に加わった。

「そりゃあ金の苦労はしなくてすむかもしれないけど、後添いだろ。大店なら昔っからいる番頭だの女中だのがわんさといる。居心地いいかどうか分からねぇよ。染松なら小さくたって自分の見世だ。思うようになる。鹿の子絞りの技があるんだ。今さら他人の家に入らなくても、胸をはって生きていけるじゃないか」

「そういう考え方もあるかぁ」

留助はうなずく。

「家族じゃないけど、家族みたいに思い合って暮らしていたんだろ。それがその子の思う幸せなんだ。大人になるとあれこれ余分なことを考えるから見失っちまう。思っていても口に出せないことも増える。十歳の子供だから言えるんだ」

幹太がきっぱりと言う。

さっきの話はどこから聞いていたのだろう。あくまで自分は使用人だ、家の人じゃないと遠慮してきた伊佐を、幹太は歯がゆく、切なく思うこともあったのだろうか。

小萩はそっと伊佐の顔を見た。いつもの生真面目な表情をしていた。

仕事を終えて見世から帰るときには、星がまたたいていた。

前を歩く伊佐の背中に小萩は声をかけた。

「ねぇ、今日のことなんだけどね」

「ああ」

「幹太さんが大人になるとあれこれ余分なことを考えるから見失うって言っていたでしょ」

「そうだな」

「思っていても口に出せないことも増えるとも」

「ああ」

橋を渡って神田に入ると、小さな見世の並ぶ通りになった。縄のれんをさげた居酒屋の赤い提灯(ちょうちん)が明るく輝いている。

「たとえばね、親方と須美さんのことも、そういうことなの？」

「そういうことって、どういうことだよ」

前を歩く伊佐の肩が少しあがった。

「だからね、私はお似合いだと思うし、二人にうまくいってほしいなって思うのよ。やっぱり気持ちが通じ合っているっていうか」

「それは二人が決めることだ。傍(はた)でごちゃごちゃ言うことじゃない」

伊佐がぴしゃりと言った。

徹次の妻であったお葉は流行りの風邪で死んだ。月日は流れたが徹次の心の中にはまだお葉の面影があるだろう。

須美は仏壇屋を離縁されて実家にもどっていて、元の夫と暮らす息子とは会えない。

「そうよね。簡単なことじゃないわよね」

それでもやっぱり二人がうまくいってほしいと思ってしまう。

「それより、この話、どうやって納めるつもりだ。茜さんだって困っているだろう」

くるりと振り向いて伊佐が言った。

三

小萩は茜といっしょに岩蔵の長屋の部屋の前で待っていた。午後の日があたりを明るく照らしている。

九尺二間のいわゆる棟割り長屋である。独り者だったころの伊佐が暮らしていたのと同じような、古い長屋だ。

「岩蔵なら、朝早く出て行ったよ」

隣の部屋の戸ががらりと開いて、女が出て来た。どうやら大工の女房らしい。

「どこに行くとか、言っていましたか」

「仕事場だろ」

不思議そうな顔をされた。

「それが来ていないんです」

「あんたたち染松の人？　もしかして、茜ちゃんか？」

「そうだよ」

「そうか。岩蔵がよくあんたのことを話すよ。話に聞いた通りだな」

あははと笑った。

子供を背負ったおかみさん風の女がやって来てたずねた。

「岩蔵がどうしたって？」

「仕事を休んでいるんだそうだ」

「今朝、いつものようにうちの亭主といっしょに出て行ったよ」

工房には来ないけれど、朝は同じ時刻に部屋を出るのか。律儀な岩蔵らしい。

「でも、染松には来てねぇんだ。あたいたちは岩蔵兄の行方(ゆくえ)を捜しているんだ。話したいことがあるんだよ」

茜が告げる。

「借金でもつくったか」

大工の女房がたずねた。

「あの岩蔵が借金をするとは思えないよ。どっちかといえば、壺に貯めて夜中に数えるほうだ」

子供を背負った女が答える。

「女っ気もないねぇ」

「ないない」

「そもそも酒に弱い。甘酒で酔う質だ。博打はもちろん手を出さない」

「あんたんとこの亭主みたいに道楽者でも困るだろう」

「あはは、そうだねぇ」

二人は勝手に掛け合いのように言い合って笑った。まじめな岩蔵は話の種にならないらしく、井戸端の方に行ってしまった。

それからも小萩と茜は部屋の前で待っていた。夕暮れが迫ってきたので茜には先に帰ってもらうことにした。

茜が帰ると話し相手もいなくなって手持ち無沙汰である。

いつまでも部屋の前にいるわけにもいかないので、長屋の入り口のところに手ごろな石を見つけてそこに腰をおろした。

細い路地があって向かいはそば屋と瀬戸物屋の裏手にあたる。風にのってかつおだしの匂いが流れてくる。

そういえば、昼飯を食べたきりだった。いつもならちょいと硬くなった饅頭とか羊羹の切れ端を食べるのに。

伊佐は硬くなった酒饅頭を炭火であぶって、しょうゆをたらすのが好きだ。甘くてしょっぱいのがうまいという。

小萩は最中皮に梅蜜（うめみつ）をつけるのがいい。ぱりぱりと香ばしく甘酸っぱいのがよい。できれば求肥（ぎゅうひ）かあんこを少しのせると、最高の贅沢だ。

もちろん、見世で売っている菓子はうまい。それに比べたら、硬くなった酒饅頭にしょうゆをたらしたものとか、最中皮に梅蜜をつけたものは貧相だ。見た目もぱっとしないし、味だってまぁ、そこそこである。

けれど、そういう世間の人が知らない、働いている人しか食べられない味というのは、なにか言うに言われぬ格別の味わいがある。

それをなんと形容したらいいのだろう。

お腹がぐうっと鳴った。気づくと、すっかり日が落ちて、あたりは薄暗くなっていた。

顔をあげると、路地の先に四角い岩蔵の頭が見えた。

「岩蔵さん」

小萩が声をかけると目が合った。岩蔵の細い目が見開かれ、慌(あわ)てたように踵(きびす)を返した。

「待ってください。お話があります。さっきまで茜さんがいっしょに待っていたんです」

小萩は追いかけた。

岩蔵は道の真ん中で困った顔で立っていた。

「話ってなんだね」

「茜さんの気持ちを伝えたいんです」

岩蔵の口がへの字に曲がった。

「仕方ねぇなぁ」

そうつぶやくと前に立って歩き出した。小萩がついていくと、近くのそば屋についた。

「悪いけど、ちっと座敷を借りるよ。込み入った話なんだ」

岩蔵は断って小上がりに座った。小萩は向かい合って座る。馴染(なじ)みの見世なのだろう。

おかみは黙って茶だけを置いた。

「今度のことは、見世の主からも叱られました。言葉の重さを分かっているのかと。たしかにその通りです。茜さんの気持ちが痛いほど分かったので、私も応援したいなと思いました」

岩蔵は何も答えない。

時分になって見世には客が入ってきて、騒がしくなった。だが、小萩と岩蔵のいる場所だけは、時が止まったように静まっている。

「そのことで茜さんはお母さんにひどく叱られました」

――あなたのしたことは、人の心を弄ぶことですよ。家族になってほしいなどということは、軽々に口にすべきことではありません。岩蔵さんは驚きました。もう、ここにはいられないと出て行きました。あの人にそうさせてしまったのは、あなたですよ。

「私も軽率だったと思います。驚かれたことと思います。申し訳ありません。でも、茜さんのまっすぐな気持ちに打たれたのも本当です。心の叫びのように聞こえました。茜さんなりに考えて、悩んで、そうするのが一番いいと思ったのではないでしょうか。おかみさんは自分のことは脇において、茜さんや岩蔵さんのことを考える人だと思います。岩蔵さんもきっと、ご自分のことより、おかみさんや茜さんのことを大事にされてきたと思います。だから、今の染松があるのですよね。茜さんは、だれよりも二人は気持ちが通じ合っている。おっかさんの一番大事な人は岩蔵兄で、岩蔵兄の大切な人もおっかさんだって言いました。茜さんはいつもお二人のことを見ていたのではないでしょうか」

岩蔵は顔を上げると、おかみに言った。

「おい。酒をくれ」

おかみがとっくりと盃を二つ運んで来た。

盃に注ぐと白く濁った。

岩蔵が不思議そうな顔になる。

「どうせ飲めないんだろ、そば湯にしておいたよ」

おかみがにやりと笑った。

「そばも食わずにそば湯だけ飲んでうまいわけねぇだろ」

岩蔵は毒づいたが、二杯ばかり続けて飲むと少し落ち着いた様子になった。

「盃があるんだ。あんたも飲めばいい」

注いでくれた。

とろみのある温かいそば湯は小萩の胃の腑にしみた。もう一杯勧められて飲んだ。

傍から見ると、男女が差し向かいで酒を飲んでいるような図になった。

岩蔵はぽつりぽつりと語りだした。

「俺は十三歳で、染松の親方のところに弟子入りした。親方に一から染めのことを教わった。俺にとっては親方は父親で兄で師匠だ。その年、おかみさんが嫁に来た。やさしくてきれいな人だ。俺はたくさん世話になった。茜ちゃんが生まれると、親方もおかみさんも茜ちゃんに夢中になった。茜ちゃんは俺のことを岩蔵兄って呼んでくれた。面白くて、かわいくて、飽きない子なんだよ。……それから親方が亡くなって、俺は親方が残した染松を守りたいっていう一心でやってきた。だからさ、染松の中心には、今も亡くなった親方がいるんだよ。その横におかみさんがいて、俺がいる。おかみさんの鹿の子絞りを俺が團十郎茶で染めた帯揚げや半襟が人気になった。みんなは俺の手柄だって言ってくれるけど、違うんだ。俺はただ、親方に教わったことを一所懸命こなしているだけだ。まだまだ半人前なんだよ。俺の心の真ん中には親方がいて、いつも俺を叱ったり、背中を押してくれたりしているんだ」

大きなため息をついた。

「おかみさんに鴨川屋から話があったたって聞いて、俺はやっぱり少し淋しかった。それは、おかみさんが親方の女房でなくなっちまうってことだからさ。俺の心の中に親方がいるように、おかみさんの心の中にも親方がいてほしい。……勝手なことだってわかっているけどさ。でも、考えてみりゃ、これ以上ないくらい、いい話だ。おかみさんは立派なお見世の後添いになって、茜ちゃんも養女になる。もう金の心配をしなくてすむ。……俺の役目も終わりだなって思った」

「染松の名は岩蔵さんが引き継ぐと聞きましたけれど」

岩蔵は真っ赤になって手を振った。

「とんでもねぇよ。俺にはそんな力はない。なにのぼせてんだって、親方に怒られちまうよ。染松の名はおかみさんに持って行ってもらう。そんで、おれはどこか仕事の口を見つける。そう考えていた。……そうしたら、あの文と菓子がきた」

岩蔵は恥ずかしそうな顔をした。

「まいったよ。あたいのおとっつあんになってくださいだもん。穴があったら入りたいってのは、ああいうことを言うんだな。そりゃあ、茜ちゃんとはよく遊んだよ。岩蔵兄なんて呼ばれて喜んでいた。だけど、誓って言うけど、おとっつあんなんて……、そんなこと、小指の先ほども考えたことはねぇよ。俺はもう、本当に恥ずかしくて……、おかみさんの顔をまともに見られないと思って逃げ出した」

「岩蔵さんの気持ちを量れずに本当に申し訳なかったです」

小萩は謝った。

「いや、いいんだよ。それにちょっとはうれしかったし。茜ちゃんがそんな風に思ってくれていたって分かってさ」

ははと声をあげて笑うと、そば湯の入った盃をあけた。

「今、気がついたよ。盃があると気恥ずかしいとか、なにを言っていいのかわからねぇとか、そういうときに便利なんだな。ごまかせるんだ。だから、世間の男はやたらと酒を飲むんだな」

岩蔵の顔は酒を飲んだように赤くなっている。

「……そうか。茜ちゃんが捜しに来てくれたのか」

「おかみさんも心配をしています」

「うん。そうだな。染松に行くよ。別れの挨拶はちゃんとしねぇとな」

岩蔵はのっそりと立ち上がった。

西の端にまだ夕焼けの名残（なごり）があった。小萩と岩蔵は染松に向かった。仕事を終えた人々が足早に二人を追い越していく。水の匂いが強くなって、川沿いにある染松の工房が見えてきた。

岩蔵の歩みが少し遅くなった。

「やっぱり、酒が飲めねぇと困るな。勢いが出ねぇ」

「二人はきっと待っていますよ」

そのとき、「岩蔵兄」という甲高い声が聞こえ、茜が飛び出してきた。

「おう、ごめんな……」

岩蔵の言葉は尻切れトンボになった。茜が岩蔵にしがみつき、叫んだからだ。

「どこに行っていたんだよ。心配したよ。なんで、あたいに黙って一人で出て行くんだよ。そんなに、あたいのおとっつあんになるのは嫌だったのか。ごめんね。悪かったよ。だけど、あたいは岩蔵兄じゃなきゃ嫌なんだ。岩蔵兄がいいんだよ。岩蔵兄なんだよ。そうでなかったら、あたいはほかのだれの子供にもならねぇよ。なんでわかってくれないんだよ」

「いや、だからさ……」とか、「でもなぁ」とか、「おかみさんが……」とか、岩蔵は言いかけたが、その声は茜の泣き声でかき消された。

茜は岩蔵の首にしがみつき、体をどんどんとぶつけ、涙でぐしゃぐしゃになった顔を押し付けた。岩蔵の声はだんだん小さくなり、とうとう茜の体を抱きしめておいおいと泣き出した。

お光がその様子をじっとながめていた。

やがて静かな声で言った。

「茜も岩蔵も、そんなところにいたら風邪をひいちまうよ。あったかい汁ができているよ。家に入ってあったまりな」

もうすっかり日がくれて、空には星がまたたいていた。

小萩は温かい気持ちで茜と岩蔵の背中を見送った。二人はもう本当の親子のように見えた。

ひと月ほどして、お光と茜が牡丹堂にやって来た。徹次に会うと言った。

「先日はお騒がせをいたしました。鴨川屋さんの話は正式にお断りをいたしました。これからも今まで通り、染松をやってまいります」

「そうですか。そりゃあ、よかった。……あ、いや、よかったって言っていいのかな」

徹次は自分の言葉にあわてた。

お光が微笑む。脇に座っていた茜が小萩の顔を見ると、すり寄って来て耳元でささやいた。

「あたいはさ、岩蔵兄におとっつあんになってもらうこと、諦めてないんだよ。大人はいろいろ大変だからね。まぁ、ぼちぼちだよ」

そのとき、須美が大福とお茶を運んで来た。

茜は満面の笑みを浮かべて遠慮なく手をのばし、大福を頬張（ほおば）った。

黒茶、花茶に合う菓子は？

一

二十一屋は西国の大名、山野辺藩の御用を賜っている。そのため、月に何度か注文をうかがうために半蔵門の上屋敷に参じる。その役目は隠居した弥兵衛と小萩である。台所役を前に、時候の挨拶にはじまり、あれこれとご機嫌うかがい、ご用件を承る。職人肌の徹次はそうした「ご機嫌うかがい」が苦手なので、如才のない弥兵衛の仕事となっているのだ。

その日は注文の羊羹を運ぶために留助もついてきた。注文の品は山野辺藩の家紋の入った漆塗りの美しく豪華な通い函に入れてお届けすることになっている。この通い函は二十一屋で用意したものだ。ただでさえ重い羊羹を立派な、しかし重い通い函に入れなければならない。

もちろんご注文をいただくことはうれしい。

大名家お出入りの菓子屋というのは名誉なことだ。

だが、さまざまに気を遣う。大店ならともかく、牡丹堂のような少人数で回しているような見世にとっては、なかなかの負担なのだ。

上屋敷のある半蔵門に行くには、日本橋から神田を抜けて千代田のお城の外堀をぐるりと回らなくてはならないから、弥兵衛と小萩の足では一時（約二時間）はかかる。

「杉崎さまは達者でいらっしゃるのかねぇ」

留助がつぶやいた。

空には薄絹のような雲が浮かんでいる。

留守居役であった杉崎が国元に戻ったのは、ひと月ほど前だ。留守居役というのは大名の江戸屋敷にいて、幕府やほかの藩と連絡をとり、折衝をし、さまざまな情報を集めるという重要な役職である。その手腕が藩の将来を左右することにもなるから、学識はもちろん、行動力、人柄などさまざまな面で秀でた者が選ばれる。また、留守居役同士が集まって組合をつくり、情報交換を行っていて、その発言は幕府を動かすこともあるという。

そんな留守居役の中でも、杉崎は切れ者として知られた存在だったそうだ。

だが、小萩が知っている杉崎はそんな様子はみじんもなかった。

思い出すのは道場帰りなのか色の褪せた稽古着を着て、道端で菓子を食べている姿である。最初はただの菓子好きかと思ったが、知識も広く、その指摘は確かだ。

杉崎は牡丹堂の菓子を贔屓にしてくれた。小萩に親しく声をかけ、さまざまなことを教えてくれた。

牡丹堂以上に贔屓にしていたのは神田の千草屋である。かつては名のある見世だったが、今は足の悪い父親を助けてお文が見世を守っている。お文が考えた「福つぐみ」は人気になり、お文は菓子の仕事に手応えを感じているようだ。福つぐみの完成には杉崎の助言もあったようだ。いつの頃からか、お文はつげの櫛を挿すようになった。つげは山野辺藩の特産品である。杉崎からの贈り物ではないか、そうであったらいいのにと小萩は思う。美しく心映えのよいお文と杉崎はお似合いなのだ。

だが昨年の秋、山野辺藩では大雨による土砂崩れのために堤が破られ、大きな被害が出た。その堤は急坂にある田畑に水を送るためのもので、杉崎の父が発案し、十年の歳月をかけて普請したものだったという。堤を再建するために杉崎は国に戻った。父の遺志を継ぎ、土と格闘する覚悟であると聞いた。

「杉崎さまはいつかまた、江戸に戻っていらっしゃるんでしょうか」

小萩はだれにたずねるともなく、言葉にした。

「どうだろうなぁ」

弥兵衛が首を傾げた。

小萩の頭につげの櫛を挿したお文の白い顔が浮かんだ。

仮に、あの櫛が杉崎からの贈り物であるとしたら。

それは「いつかまた」という約束なのか。あるいは、遠く離れていても、それぞれの場所で自分の道を進もうという別れの挨拶か。もとより身分違いの二人ではあるけれど。

見上げる空は切ないほど美しい。

道の先にぐるりと石垣に囲まれた山野辺藩の屋敷が見えてきた。

外様（とざま）とはいえ十万石大名の山野辺藩の上屋敷は、なかなかに広く立派なものである。

「杉崎さまに教えていただいたんですけれど、お城の石垣には『野面積（のづらづみ）』と『打込接（うちこみはぎ）』と『切込接（きりこみはぎ）』の三つがあるそうです。自然の石を積み上げたのが野面積で、山野辺藩の御城の石垣はこの積み方だそうです。藩のご自慢です」

小萩がうんちくを披露（ひろう）する。

「そうだったな。御留（おとめ）菓子もその石垣だったな。今日は、その話でいくか」

弥兵衛がうなずく。

二十一屋は杉崎の依頼で山野辺藩だけがつくることのできる御留菓子を考案した。そこには、藩のほまれである石垣への思いをこめている。

上屋敷の近くで通い函を弥兵衛に渡し、運び役の留助は帰っていった。

裏口の門番に来訪を伝え、中に入る。木立の中の道を通り、勝手口に至り、出て来た女中に案内を伝える。小部屋で待っていると二人の台所役が出て来た。

首座の井上三郎九郎勝重は老人といっていい年齢でやせて鶴のように首が長い。もう一人は補佐で塚本平蔵頼之。四十がらみの男だ。背が低く、太く短い首をしている。

二人とも真面目くさった、不機嫌そうな様子で、叱られているような気がした。

最近、小萩はそれがお武家であり、台所役というものだと分かってきた。

出入りの商人と親しくなりすぎて不要な便宜をはかってもらったり、過剰な付け届けを手にすることがないように自戒しているのだ。

「しかし、このお屋敷の石垣はご立派でございますなぁ。前々から思っておりましたが、今日はことさらに美しく見えました。うかがうところによりますと、こちらさまの御城の石垣は野面積という、古式ゆかしい堅牢なものだそうでございますね」

弥兵衛の言葉に勝重の頬がゆるむ。頼之の目が輝く。

「そうなのだ。最近は四角く整えた石を積み上げる切込接が主流と聞くが、われらの城は山城であるから野面積だ。このような立派な石垣を積める石工は、もはや数少ないと聞く」

「石垣だけではなく、城も美しく立派なものだ。朝は雲海に浮かび、夕暮れを背に輝く。

さらに満月の夜、月光を浴びた姿は幽玄(ゆうげん)の極致である」

勝重と頼之の口もついなめらかになった。

「さようでございますか。それはさぞや見事なものでございましょうなぁ」

うむ、うむと二人はうなずく。

そんな調子でいよいよ本題に入る。ひととおり注文をもらったところで、おもむろに頼之が口を開いた。

「ところで、このたび、新しい留守居役が着任することと相なった。ついては、近日、顔合わせの場を持つこととなった」

「お目通りをさせていただけますのですか。それは、恐縮至極(しごく)でございます。しかし、お忙しい方がわざわざお時間を割(さ)いてくださるというのは……」

弥兵衛が言葉を選び、慎重に答える。

「うん。広くさまざまな意見を取り上げたいということである。我らも、ふだん思っていることを忌憚(きたん)なく述べよとお達しがあった」

頼之が言う。

新任の留守居役も杉崎のように開けた人なのだろうか。小萩は期待を持つ。

「また、知っての通り、昨年秋にわが藩は大雨により多大の被害を出した。復興に力をいれているが、なにぶん、大きな災害で家や田畑を流され、困窮している者も未だ多い。まだまだ道半ばである」

なんだ、やっぱりそう来たか。

小萩はがっかりする。弥兵衛の背中も語っている。

「未曽有の危機を乗り越えるため、われら一丸となって……」

頼之の口上は続く。

聞かなくても分かる。

値段を下げよ、払いは先延ばし。新任のご挨拶の折には金一封を包んで持ってこいということである。

「日取りが決まっておる。十日の後だ」

「大安吉日でございますな。めでたいことで」

弥兵衛が頭を下げる。後ろに控えている小萩も続く。

屋敷を出ると、弥兵衛が言った。

「次の大安はなにかあったんじゃないのかい」

「札差の白笛さまの根岸の別邸で茶会があります」

札差とは旗本、御家人に代わって禄米を幕府の米蔵から受けとり、売りさばく商人である。禄米を担保にした高利貸しなどの金融業で富を蓄えた。白笛は江戸でも指折りの札差で茶人。大きな力を持っている。

「お客さまは八人なのですが、なにしろ白笛さんですから」

「そうだなぁ。あの方の茶会なら、力がはいるなぁ」

「幹太さんも留助さんも張り切っています」

「いいことだ。それじゃあ、また、こっちは俺と小萩の二人でいくか」

弥兵衛は簡単に答えた。小萩もそれでよいと思った。

二人で見世に戻り、徹次にお目通りの日程を伝えた。

「……というわけで、わしと小萩の二人で行くことにしようかと思っているんだけどな」

「いやぁ、そうしてもらえるとありがたいなぁ。白笛さんのご依頼が今回はまた難しいんですよ」

徹次は口では難しいと言いながら、うれしそうな様子をしている。

「今回は清国のお茶を使いたいんだってさ。見本が届いたんだ」

留助が台の上の小さな黒い塊（かたまり）を指さした。

どう見ても乾燥ひじきである。しかも妙な臭いがする。

「かびてんじゃ、ねぇのか」

伊佐が顔をしかめた。

「山の中で落葉が重なっているところは、こういう臭いがするな」

留助が言う。

「乱暴に扱うんじゃねぇぞ。金より高けぇそうだ。白笛さんのところの若い衆が恭しく持って来た」

徹次の言葉に留助と伊佐は顔を見合わせた。

小萩がどびんに入れて熱湯を注ぐと、ほうじ茶を濃くしたような色になった。人数分の湯飲みに注ぐ。かび臭いような、けむったいような妙な臭いはさらに強くなった。

だれも手を出さない。茶をながめて黙っている。

「以前、珈琲というものを飲みましたね」

小萩が言った。

南蛮人の好む黒くて苦くて香りのいい茶だといわれた。あのときも、おっかなびっくり飲んでみた。珈琲は苦かったが、香りがよく味も悪くなかった。

今度はどうだろう。

小萩は勇気を出して飲んでみた。

「どうだ？」

伊佐がたずねた。

「あれ、思ったより渋くない。ちょっとかび臭いけど、なれると癖になるかも」

小萩が言ったので、みんなも手を出した。

「複雑な味だな」

「頭が冴えるかな」

「もっと薄くいれたほうがいいんじゃねぇのかな」

それぞれ思ったことを言う。須美と清吉もやって来て飲んだ。

「白笛さまはこれで茶会をなさるんですか。菓子はどういうものが合うんでしょうねぇ」

須美の言葉で、小萩は自分たちの仕事を思い出した。この摩訶不思議な茶に合う菓子を考えねばならないのだ。珈琲は苦味と香りという特徴があった。それに比べると、この茶はつかみどころがない。もっと複雑で不思議な味わいだ。

「茶会は根岸の別邸か。仕切りは今度も春霞さんだろうな。一度、たずねてみるか」

弥兵衛が言い、徹次もうなずいた。

春霞は白笛の愛妾で、根岸の別邸で暮らしている。かつては吉原の傾城で、白笛が選んだ女人である。もちろん美しい。それだけでなく、茶道に香道、箏や鼓、囲碁に歌詠みなどの才を身につけている。人をもてなすことに長けた人だ。

聞けば何でも教えてくれる春霞だが、少々人の悪いところがある。

真面目一方の職人の徹次や世間知らずの小萩を前にすると、からかってみたくなるらしい。小萩は梅の汁といわれて梅酒を飲み、酔っぱらって徹次に背負われて帰ってきたのだ。

小萩も今回は以前のような失敗はしないぞと、心を引き締めて向かった。もちろん、春霞の大好きな煉り切りと揚げ餅を手土産にしてだ。揚げ餅は鏡餅を木槌でくだき、天日で干して乾燥させ、揚げて砂糖じょうゆをからめたものだ。これが吉原の遊女たちの、特別な日のおやつだったそうで、春霞は今でも目がない。

さらさらと竹林を抜ける風の音がする広い座敷で待っていると、春霞があらわれた。

「そろそろ来る頃だと思って待っていたんだよ」

少しかすれた低い声で言った。

小さな顔に形のいい鼻とぽってりと厚みのある唇、きつねのような目尻のあがった細い目をしている。髪はつやつやと黒く、肌は瀬戸の器よりもなめらかで白い。

黄に藍で井桁や鳥、煙のような不思議な模様の入った着物を着ている。渋い黄色だが光の加減で黄金色に輝く。帯はこっくりと深いこげ茶である。こちらもよく見ると、赤や黄や藍の色が混じっていた。

お景の店に行くようになって小萩も少しは着物や帯が分かるようになってきた。

さりげないようすだが、これはとんでもなく上等な物に違いない。

「お着物、よくお似合いです」

小萩はほめた。

「おや、着物のことも分かるようになったのかい。着物は琉球のもので、うこんや福木で染めた絣だ。帯も泥で染めている」

「絣ですか……」

徹次が小さくつぶやく。

小萩も同じ気持ちだ。絣と聞いて思い出すのは、野良着にも使われる素朴で手軽な、およそ春霞とは結び付かない普段着用の布である。

こういう贅沢な絣もあるのか。

そして、帯は泥で染めると言った。

琉球の泥の中にはこんな風に渋い、深い、微妙な色が隠れているのか。

はるか海の向こうの琉球という名が頭の中できらきらと輝いた。

「ほかでもない、白笛さまの茶会のことですが、清国の茶のことを教えてもらいてぇと思いまして」

徹次が言った。

「黒茶は届いただろ。あれは古いものだよ。六十年ぐらい前のものだ。竹の筒に入れてしまわれていた。清国では古い茶のほうをありがたがるんだ」

春霞は嫣然と微笑んだ。

「六十年ですか」

「あの黒い色も、なんともいえない香りも年月が育むんだ」

新茶を喜ぶ日本とは反対である。

春霞が手を打つと小女が蓋付きの小さな茶碗を運んで来た。

「こうやっていれるんだ」

優雅な手つきで湯をさし、蓋をする。湯飲みを斜めにして蓋の隙間から薄茶色の湯をこぼした。「古いものだからね、ほこりとかもあるだろう。一杯目の湯は捨てる。飲むのは二杯目からだ」

「そうやっていれるものなのか」

徹次が声をあげた。

最初から間違っていたことになる。

小女が湯のみを渡した。春霞の真似をして一杯目の湯を捨てる。小萩が蓋をとるとかび臭さが鼻孔をくすぐった。こげ茶色の茶の底にひじき、いや茶葉がほんのひとつまみ沈んでいる。春霞にうながされて小萩は茶碗に口をつけた。一杯目の湯を捨てたせいか、見世で飲んだ時よりまろやかで飲みやすい。

飲み干すと、小女が湯をさしてくれる。たちまち湯はこげ茶色に染まる。

「あちらでは湯を足しながら飲み続けるんだ。向こうの人たちは男も女もよくしゃべるんだそうだ。半日、茶を飲みながら語り続ける」

「……それで、向こうじゃ、どんなものを茶の供にしてるんだろうか」

「ああ、そうだったね。持ってこさせるよ」

手をたたくと、小女が小皿に種のようなものをのせて来た。

「かぼちゃと西瓜の種を干してかるく炒ったものだ。歯か手で割って中身を出して食べる。そして茶を飲む。しゃべり飽きたらカルタだの、なんだので遊ぶ」

「……そうですか」

徹次は頭を抱えた。

かぼちゃと西瓜の種では、菓子屋の腕のふるいどころがないではないか。

その様子を春霞は楽しそうにながめている。

「盧仝（ろどう）という詩人はこんな詩を詠んだそうだ」

――最初の一杯は喉（のど）と唇を潤（うるお）す。

二杯目は、ひとりゆえの孤独を忘れさせる。

三杯目を飲み腹の中を探れば、五千巻もの書物が蓄（たくわ）えられている。

四杯目で軽く汗をかき、日ごろの不平不満が毛穴から発散される。

五杯目で肌と骨が清らかになり、

六杯目には仙人になった気分になれる。

七杯目では、もはや食欲も失せ、ただ両腋（りょうわき）を清らかな風がふいていくのを感じる。

小萩は自分の茶碗を眺めた。

最初は色が濃いので薄気味悪く感じたが、慣れてくるとそれほど悪くない。小さな湯飲みなので、二口か三口で飲み終わる。すると、すぐ小女が湯を注いでくれる。気がつけばもう三杯目である。以前、梅の汁といわれて飲んでいたら梅酒で大失敗をした。しかし、今回は茶である。少々、たくさん飲んでも心配はないと思った。

ふと見ると、春霞はギヤマンの茶碗を手にしていた。中の茶は透き通っている。揚げ餅をぽりぽりとつまみながら、優雅に茶を楽しんでいる。

「えっとぉ、そのお茶は……」

小萩がたずねた。

「ああ、これかい。これは茉莉花茶（まつりかちゃ）だよ。黒茶はかび臭いからあまり好きじゃないんだ」

平然と言い、自分の茶碗を差し出した。淡い水色（すいしょく）の中に薄緑の茶葉がゆれている。華やかな香りが漂ってきた。

「最初は清国の緑茶、二番目はこの茉莉花茶、三番目に黒茶を出そうと思っているんだ。だから菓子も三種類欲しい」

徹次が喉の奥でうなる。そういうことは、最初に伝えてほしい。

「それで……清国の菓子にはほかにどういうものがあるんですかい」

徹次はいら立ちを抑え、たずねた。

「そうだねぇ。向こうじゃ、南蛮人と同じく肉を食べるんだ。だから、牛の肉、豚の肉、鳥の肉、そういう料理がたくさんある。だけど、菓子は同じだよ。饅頭のようなものも、汁粉（しるこ）も、餅菓子もある。豆は小豆にこだわらず、いろいろ使うんだ」

やっと本題に入ったようである。

「小豆ではないと、どんな豆を使うんですか」

「たとえば蓮の実」

「蓮っていうのは、不忍の池に生えている……」

「そうだよ。お釈迦様が座っていらっしゃるあの蓮だ。その葉でお茶もつくるんだ」

「うーん」

徹次はうなった。

春霞は料理をしたことがない。包丁を持ったことすらないかもしれない。だが、知識だけは豊富である。そして、話があっちこっちにとぶ。徹次はひとつのことを追いかけて考える質だから、春霞の思考にはついていけない。豆の話をしていたと思ったら、突然、蓮になる。蓮の実と言ってくれればいいのに、春霞はそこをとばして蓮の台のお釈迦様の話になり、さらに葉を使ったお茶にとぶ。徹次の頭の中は取り散らかっているに違いない。

「つまり、蓮の実を使ったお菓子があって、それはとてもおいしいということですね」

小萩がまとめた。

「そうだよ。別に蓮の実でなくともよい。とにかく、これらの茶にあう菓子をつくってほしい」

「たとえば……、どんなものをお考えですか」

小萩がそう言った途端、春霞は表情を変え、鋭い声で叱責した。

「それを考えるのが、お前たちの仕事じゃないか」

豹変した春霞に驚き、小萩は手にした茶碗を落としそうになった。油断してはいけない。春霞はやっぱり春霞だ。首をすくめて小さくなった。

震え上がった小萩を見て、春霞は少しうれしそうになる。

やっぱり、からかわれているのだろうか。

「申し訳ないが、最初と二番目の茶葉の見本もいただくことはできますかね」

徹次が遠慮がちにたずねる。

「ああ、そうだね。持たせよう。西瓜とかぼちゃの種も持っていきな」

春霞は子供に菓子のみやげを渡すように、気前よく二種類の茶と西瓜とかぼちゃの種を紙に包んで分けてくれた。

春霞の住まいの門を出て、徹次は大きなため息をついた。

「あの人の話はなんっていうかなぁ。よけいにこんがらがっちまうんだよ。……たしか珈琲の菓子のときに聞きにいった薬種屋(やくしゅや)がいたな。悪いが、小萩、その人のところに俺も連れていってもらえねぇか。少し話を聞きたいんだ」

小萩もうなずいた。分かったのか、分からないのか、それすらおぼつかない。ただ、ひどく疲れている。

徹次が言ったのは、日本橋の白虎屋という薬種屋である。主の禄兵衛の還暦の祝いの菓子をつくってほしいと娘の水江が来たことで縁がうまれた。

白虎屋はお客の話をていねいに聞き、それにあった薬を調合する。腹痛といってもどのあたりが、どんな風に痛いのかをたずねる。さらに顔色を見て、食事のとり方をたずね、別の病気が隠れていないか考える。

そういう店の主だから禄兵衛は研究熱心である。さまざまな薬草や種を集めている。南蛮渡来のめずらしい珈琲豆も、頭をはっきりとさせ、体の熱をとる薬と考え、持っていた。

いったん見世に戻り、春霞の話を幹太たちに伝えた。それから茶葉の見本と手土産の菓子を持って白虎屋に向かった。

白虎屋は日本橋の通りを少し入ったところにある。白虎屋と染め抜いた藍ののれんと薬を量る分銅を象った看板が見えた。

見世はお客が何人もいて、手代や番頭が応対していた。奥の壁に生薬を入れた、小さな引き出しがたくさんある百味簞笥が三棹もあり、そのうえには赤漆を塗った箱がずらりと並び、さらに天井からは麻袋が吊り下げられ、その脇には乾いた草や木の枝が下がっている。強い薬は鍵のかかる奥の部屋に置いてあるそうだ。見世の中は独特の匂いが漂っている。江戸でも、これほどたくさんの薬種を持っている見世は少ないのではないだろうか。

小萩が手代に取次ぎをたのむと、すぐに奥に案内をしてくれた。

待っていると禄兵衛がやって来た。

太い眉と細い目、えらのはった四角い顔をしている。還暦を過ぎているが、背筋はぴんと伸びて、声にもはりがある。

「以前は珈琲をお譲りいただきまして、ありがとうございます。こちらが二十一屋の主でございます」

小萩が礼を言い、徹次を紹介した。

さっそく本題にはいる。

「清国のお茶を使った茶会を催すそうで、それに合う菓子を用意したいと思っておりやす」

徹次が三種の茶葉を見せると、禄兵衛の目が見開かれた。

「説明書きもいただいてきました」

小萩が紙を開いて見せる。

第一の茶　緑茶　碧螺春

第二の茶　茉莉花茶　福州白龍珠
第三の茶　黒茶　正山頂普洱茶王

「これを茶会でお使いになるのですか」

緑兵衛はうなった。

「そう聞いておりやす」

「それは、それは……。贅沢な……。この黒茶は相当に古い物でしょうなぁ」

「六十年前と聞きました」

「六十年」

緑兵衛はまたうなる。

「手に取ってみても、よいですかな」

黒茶をひとつつまんで手の平にのせ、じっくりとながめ、さらに匂いをかいでいる。

どうやらこの黒茶はめったに手に入らない、たいへんに貴重なものであるらしい。さすがの小萩もようやくその価値が分かってきた。

「かの国には医食同源という考え方がありましてね、病気を治す薬と食べ物は、本来根源を同じくするもの。食事に注意することは健康のための最善の策であるということです。

なかでも茶というのは大切にされている。こんな風に時を経たものは、特別な効力を持つでしょう。……一時、清国の茶についても学んでいたんですよ。少々お待ちください」

立ち上がって奥から古びた書物を持って来た。開くと漢字ばかりが並んでいた。

「ありましたよ。ありました。まず、緑茶の碧螺春。これは太湖という大きな湖の近くで作られている茶で、柑橘類の樹の下に植えた茶の新芽だけでつくっている。気分を爽快にし、活力を与えます」

緑兵衛は目を輝かせ、楽しそうに語る。

「次に、この福州白龍珠。緑茶などに茉莉花の香りをつけたものですな。白い葉がまじっているものが高級であると。歯の健康、安眠などに効くそうです。緑茶は眠気覚ましに効きますが、これは反対に体を休ませるのですな。なるほど、なるほど」

漢字が並ぶ清国の本を緑兵衛は黄表紙でも眺めるように読み進む。

「ううむ、普洱茶はありますが……、これの名は書いていない。この茶は清国のはるか西南、雲南などの山深い地でつくられています。まず茶葉を釜で炒ったりして熱を加え、揉んで緑茶をつくる。その後、まだ熱と湿り気が残っているうちに高温多湿な場所に積み上げてかびをつける」

「かびさせるんですか」

徹次が不思議な顔でたずねる。

「かびの力によって風味が増すわけです。味噌と同じですよ。で、その後、もう一度揉んで、乾かす。この茶のような上質なものは、さらにこの工程を繰り返して寝かせる。四十年を経ると独特の香りがうまれ、六十年を過ぎたものは仙人の境地に至るそうです」

緑兵衛は「雲南」と紙に字を書いた。

小萩は雲を背景に青く連なる山々を思い浮かべた。広い清国の遥かその先の地から運ばれてきた茶だったのか。仙人の境地に至るという茶を、小萩は勧められるままに飲み、菓子づくりの参考にするようにと持たせてもらった。

おそらくとびっきり高価なものだろう。値を聞いたら震えて飲めなかったかもしれない。

春霞は吉原で禿（かむろ）として育ち、花魁になり、天下の札差の元で暮らしている。だから、源氏物語や伊勢物語、月の満ち欠けの理由、地図の見方などさまざまなことに詳しいが、水茶屋も屋台のそばのことも知らないし、財布も持ったことがない。長屋の住人がどんな風に暮らしているかなど、考えたこともないだろう。そういう意味では、おそろしいほどの世間知らずだ。

「なるほど、なるほど。しかし、六十年ですか……。いや、私もできることならその茶会の末席に座らせていただきたい」

「少量ですが、今日のお礼ということでお収めください」

徹次が言うと、禄兵衛はあわてた。

「いやいや、とんでもございません。そんなつもりで言ったんではないんですよ。こんな貴重なものはいただけません」

見本のつもりで持って来たのでどの茶葉も一匙ほど、一服の量しかない。それでも、禄兵衛があまりに恐縮するので、小萩たちのほうが困惑した。

「……そういえば、かの国には飲茶という習慣があるそうです。茶とともに軽食や菓子をつまみ、語り合う習慣があると聞きました」

なるほどと徹次が膝を打つ。小萩もうなずく。

「その飲茶の菓子について、ご存じありませんか」

禄兵衛はまた新しい本を持って来た。

「杏仁の寒天寄せという菓子があるそうですよ。杏仁霜というものでつくります。杏の種の中にある仁を乾燥させて粉にしたものです」

「梅干の種の中の天神さまのことですか」

小萩がたずねた。

「そうですよ。止咳平喘類のひとつで、肺を潤すとされ、咳や喘息などの時に使われます。

肺は腸と肌とも関わりが深いので、かの国では牛などの乳を加えて寒天で固めて蜜をかけていただきます。肌が美しくなると、ご婦人が好んで食されるそうです」

女の人の好きな味なのだろう。おいしそうだが、牛の乳は手に入らない。

「それから、つばめの巣というものもあります。南方の海の近くに棲むつばめは断崖絶壁に巣をつくります。巣と言っても私たちが知っているつばめの巣とは違いますよ。見た目は透明で寒天に似ていて、老化を防ぎ、美しい肌をつくります。小さなものをひとつ所持していますがご希望ならお持ちになりますか。三種のお茶と交換ということで」

小萩の頭の中に見上げるような切り立った崖と飛び交うつばめが浮かんだ。目もくらむような高さにある巣をどうやって取るのだろうか。

「いやいや、話だけで十分だ。そんな貴重なものはいただけない」

今度は徹次が恐縮した。

帰るとき禄兵衛は杏仁霜と「茶の十徳」というしおりをくれた。

「日本で初めて茶を栽培したのは、京、栂尾高山寺の僧、明恵上人です。その明恵上人がおっしゃった、茶の効能です。かの国の茶もよいでしょうが、日本の茶も捨てたものではありません。ぜひたくさん飲んでください」

『茶の十徳
一、諸仏加護　茶を喫すれば仏の守護を得られる
二、父母孝養　父母を養い、孝行するようになる
三、悪魔降伏　悪心邪念を除去できる
四、睡眠自除　睡魔を追い払える
五、五臓調和　体を整えられる
六、無病息災　病気をせず、寿命が延びる
七、朋友和合　周囲の人とも和合できる
八、正心修身　正しい心で修身できる
九、煩悩消滅　悩みの根源である煩悩を断ち切れる
十、臨終不乱　死に臨んでも惑わない』

見世にもどると留助や伊佐、幹太、須美と清吉が待っていた。

「おやじ、俺も松屋の八衛門さんに聞いてみたんだ。清国の縁起菓子で月餅というものがあるそうだ。月に見立てた丸くて平たい焼き饅頭だ。皮には香ばしい焼き目をつけてあり、中は小豆あんに油を混ぜてコクを出している。蓮の実のあんや木の実を入れることもある

そうだ。本来はお月見のときに食べるものらしいけど、黒茶に合うと思う」

幹太が言った。

松屋は煙草入れ、紙入れ、財布に根付など、上等の男物の装身具を扱う見世だ。その隠居の八衛門に幹太は気に入られ、食事に連れていってもらったりしている。長崎経由で阿蘭陀や清国からの品物も扱っているので外国の事情に詳しい。

「焼き饅頭か。悪くないな」

徹次が答えた。

日数も迫っているから、ふだんつくっている菓子とかけ離れたものは難しい。変わりあんの焼き饅頭なら無理なくつくれそうだ。

「それで表面に型押しで模様をつけて焼いてみようかという話をしていたんだ。たとえば『招福』とか」

伊佐が言った。

「漢字を使うのは面白いな」

徹次がのってくる。

「蝙蝠ってのはどうですかねぇ。清国じゃあ、『蝙蝠』が『福に変わる』の発音に似ているから縁起がいいものらしい」

留助が言う。

そういえば、お景のところの煙草盆には蝙蝠と月の透かしが入っていた。

「福の字を中央に置いて、牡丹の花をあしらうのはどうかしら。牡丹堂だから」

小萩も思い付きを口にすると、徹次がうなずいた。

「よし、月餅で行けそうだな。黒茶は月餅だ。だれがやる？」

幹太が名乗り出た。

白虎屋で教えてもらった杏仁の寒天寄せは最初の緑茶に合いそうだ。

「牛の乳なんかはないから、代わりのものを探さないとな」

徹次が言い、伊佐が手をあげた。

「あとひとつは茉莉花茶だな」

徹次が言うと、伊佐が続けた。

「蒸しかすていらはどうかな。冷たい寄せものではじまって、最後は焼き饅頭。蒸し菓子がくると、落ち着く。清国では赤い色をよく使うらしいから赤く染める」

「うんと派手なのがいいなぁ。……たとえば、金箔をのせるとか」

留助が声をあげた。

「よし、じゃあ、小萩と留助は蒸しかすていらだ」

徹次の言葉で話はまとまった。

二

新しい菓子を考えるのは辛いこともあるが、はるかに楽しさ面白さが勝(まさ)っている。それからの毎日は、幹太も伊佐も留助と小萩も夢中になってしまった。その日の見世の仕事を終えた夜、新しい菓子づくりに取り掛かる。

幹太は早々に月餅を完成させた。皮は麦粉に卵と砂糖を加え、少々硬めにしっかりと仕上げる。そうなると、中に詰めるあんも重さがほしい。小豆こしあんにごま油と刻みくるみを加えた。

幹太の頭の中には、卵やごま油など、さまざまな調味料や素材の味が記憶されているらしい。実際につくってみなくても、出来上がりの味が想像できるようだ。だから、あまり迷わない。皮はこう、あんはこうと決めて、そのまま進む。

こだわったのは、表面に木型でつける飾りの模様である。

これは判子職人である須美の兄に依頼した。兄は幾重にも重なる花びらと篆書体(てんしょたい)の福の字を組み合わせて、格調高い文様(もんよう)を彫ってくれた。

できあがった木型が届くと、幹太はあんをつくり、麦粉をねって皮をつくる。平たい饅頭の形にして木型を押した。もうそれだけで清国風である。焼き色をつけるため、たっぷりと卵の黄身を塗った。

「さぁ、焼いてみるか」

かすていら用の鍋に入れ、熱く熱する。

やがて甘く、香ばしい匂いが溢れ出て、仕事場に流れると、清吉が目を輝かせてやって来た。須美も「なにができるのかしら」と顔をのぞかせ、徹次も控えている。小萩も伊佐も留助も集まった。

「まぁ、待て、待て」

頃合いを見計らって幹太が蓋を取ると、香りは一層強くなった。

鍋の中には、つやつやと輝くべっ甲色の焼き菓子ができあがっている。

「おお、いい色じゃないか」

留助が言う。

幹太は慎重に取り出し、網の上で冷ます。

包丁を入れると、刻みくるみの散った黒々としたあんが見えた。堂々とした威厳のある姿である。

みんなで一口ずつ食べた。

皮はぱりっとして口の中に香ばしさが広がった。ごま油の香りのするあんはずっしりとした重みがある。くるみが歯に当たるのも楽しい。

「清国のお菓子はこういう味がするものなの？」

須美がたずねる。

「堂々としているね」

清吉がつぶやく。

「皮とあんが主張し合うんだな」

伊佐がうなずく。

「幹太さん、すごいわ」

小萩は感激した。

「いいできだ。黒茶に負けない強い味わいだな」

徹次が満足そうに眼を細めた。

幹太とは反対に、伊佐はあれこれと試作を繰り返す。

茶席では茶が主役なので、菓子には強い香りの素材は使わないという約束ごとがある。杏仁霜のような華やかな香りの素材が使えるのは清の茶だからだ。伊佐にはそこがめずらしく、おもしろいらしい。

まず素直に杏仁霜に水と砂糖を加えて寒天で固めてみた。香りはすばらしくいいのだが粉っぽいし、味わいも今ひとつだ。清国では牛の乳を加えるというので、その代わりに卵の黄身で試し、豆腐に至り、豆乳を加えることで落ち着いた。

砂糖蜜も白砂糖、和三盆糖、黒糖を経て、生姜や柑橘類の汁を加え、生姜風味の白砂糖蜜に戻る。

一人分ずつ白磁の盃に固め、紅色のクコの実をのせる。それを杏に替え、今度は赤く染めた砂糖蜜にして金箔を添える。

これで良しと思っても、さらによいものがないか考えている。それは、やらなくてはいけないというよりも、その時間を楽しんでいるようにも見える。どこまでも満足せずに、さらに上を目指したいという気持ちの表れのようでもある。

目を輝かせ、夢中になって取り組んでいる伊佐を見ると、小萩も頑張らなくてはという気持ちになった。

「留助さん、蒸しかすていらは、かすていら生地を蒸籠で蒸すという方法でやってみたいんですけど」

小萩が提案すると、留助も賛成した。

「まずはそれでやってみよう」

かすていらの生地は卵に砂糖を加えてすりばちですって泡立てることからはじめる。牡丹堂でつくるかすていらよりも砂糖の量は減らしたけれど、それでもかなり重たく、泡立てるのが難しい。

少しずつ泡が生まれ、全体が白っぽくなってきたが、なかなか盛り上がるほどにはならない。最初は小萩が泡立て、手がくたびれたので留助に代わってもらった。留助は口をへの字に結んで額に汗を浮かべて泡立てた。

「なんかさぁ、あんまり変わんないいんだよね。もう、そろそろいいんじゃねぇのか」

留助が音をあげた。

中心が盛り上がるくらいまで泡立てたほうがいいような気がしたが、粉を加えて型に流した。湯気のあがっている蒸籠で蒸してみる。

やがて甘い香りが流れてきた。

留助が勢いよく蒸籠の蓋を開ける。

「ああーあ」

情けない声をあげた。

小萩が蒸籠の中を見る。がっかりした。

中央が大きくへこんでいるのだ。

「やっぱり泡立てが足りなかったのかしら」

小萩はつぶやいた。もうひと頑張りが足りなくて、菓子がうまくできなかったときほど、悔しく悲しいことはない。

「そもそも焼くのと蒸すのとでは違うからなぁ」

留助がため息交じりにつぶやく。

取り出して切ってみた。へこんだ部分の生地はねちねちした餅状で、外側はぶよぶよと水っぽい。

「味はかすていらだけどなぁ」

留助が負け惜しみを言う。

たしかに卵と砂糖の味はする。けれど、ふわふわとやわらかいからかすていらなわけで、ねちねちだの、ぶよぶよではお話にならない。

「なんだよ、ふたりして。かすていらは難しいんだよ、知っているじゃねぇか。俺は蒸しかすていらって言うから、浮島(うきしま)でやるんだと思っていたよ。浮島なら留助さんは得意だし、おはぎも何度もつくっているよ」

相変わらず小萩のことをおはぎと呼ぶ幹太が言った。

「あ、そうだなぁ。浮島でつくりゃあいいんだ」

留助が膝を打つ。

浮島はあんに泡立てた卵の白身や粉を加えた蒸し物だ。かすていらは全卵だが、浮島は卵白を泡立てる。卵白は軽いので泡立ても楽だ。

「よし、浮島にしよう。それで、あんはどうする？　ふつうに白あんでいいか？　紅色に染めるか？」

早くも気もちを切り替えた留助がたずねる。

色を変えたところでふつうの白あんでつくれば、いつもの浮島である。ここはひと工夫ほしいところだ。

「そうねぇ」

小萩は首を傾げる。

「じゃあな、二人でよく考えるんだな」

幹太は行ってしまった。

「清国の方では小豆でないあんも好まれているんですって」

「たとえば？」

「……蓮の実とか」

春霞のところで聞いた話を思い出して言う。

「蓮の実かぁ。だけど、どこで売っているんだ？　れんこんじゃだめなのか？　蓮の根っこだろ」

「……そうねぇ。でも、浮島に『しゃきしゃき』は合わないんじゃないの？」

「すりおろせば、もっちりだよ」

ああだ、こうだと二人で頭をひねった。そういう意味では留助と小萩の組み合わせは相性がいい。これが幹太や伊佐が相手だと、小萩が口をはさむ前に菓子ができあがってしまう。

試しに、れんこんをすりおろして、白あんに加えて煉ってみた。でんぷん質のもちもちとした食感があった。しかし、れんこんだというのは分からない。

「だいたい、れんこんに味なんかあったか？」

「そうねぇ、考えてみたら、あんまりなかったわね」

ともかく、れんこんを加えた白あんで浮島をつくることにした。

ささらを使って卵白を角が立つまでしっかりと泡立て、れんこんのあんこ、麦粉と混ぜて型に入れ、蒸気のあがった蒸籠で蒸す。

しばらく待つ。

　この待つ時間が長い。

　蓋を開けると、白い湯気がもくもくとあがり、生成り色のふわふわとやわらかい浮島ができていた。

「いいじゃねぇか、いいじゃねぇか」

　留助がうれしそうに笑いながら蒸籠から取り出し、型をはずして四角く切り分ける。ひび割れも穴もない。

　二人で試食する。

　もちもち、しっとりとした浮島である。れんこんの風味もする。

「れんこんにも味があったわね」

「そうだな。あんがい、品のいいもんだ」

　伊佐がやって来て、一口食べた。

「へぇ、もちもちだな。なにが入っているんだ？」

「れんこんのすりおろしよ」

　小萩が少し得意になって答える。

「そうかぁ。だけど、言われないと分からないのはもったいないよ。上にれんこんの甘煮でものせたらどうだ？　そんなら、なにが入っているかすぐ分かる」

いい意見である。

だが、自分たちで思いつきたかったと、ちらっと思う。

幹太が来て言う。

「別嬪さんの菓子だなぁ。女の子って感じがする」

徹次が来て味見をする。

「ああ、面白いな。品のいいところが茉莉花茶に合いそうだ。このまま仕上げたらいい」

お墨付きをもらった。

それから二人でれんこんの量を調節したり、甘煮ののせ方を工夫した。

蒸し上がりを待ちながら、小萩は言った。

「考えたんだけど、淡い卵色がきれいだから紅で染めるのはやめて、代わりに華やかな色の紙を巻いてみたらどうかしら。ほら幹太さんが女の子って感じがするって言ってたでしょ。もっともっと、かわいらしくしちゃうの」

「紙を巻くのか。斬新だな。……だけど、清国の菓子だもんな」

翌日、小萩は紙屋をまわって、翡翠色の地に赤や黄の小花模様が散った千代紙を見つけた。昨夜つくった菓子に巻いてみる。

「いいじゃねぇか。いいじゃねぇか」

留助がうれしそうに笑う。

最初に清々しい緑茶と杏仁霜の菓子があり、締めは黒茶と焼き菓子の月餅。その間をつなぐ花の茶に合わせる菓子だ。もちもち、しっとりとした別嬪さんである。

徹次に見せるとよいと言われた。伊佐や幹太も褒めてくれる。

「おいしいね」

清吉が笑顔になった。

「あら、これが小萩さんと留助さんの考えた菓子？　幹太さんや伊佐さんとはまた違うのね。それぞれの個性が出て、楽しいわ」

須美がうなずく。みんなから褒めてもらって小萩は留助とともにすっかり気分をよくしていた。

その日は遅くなってしまったので、小萩と伊佐も牡丹堂で夕餉をとった。洗い物をすませ、片付けをしているとき須美が言った。

「すてきなお菓子ができてよかったわねぇ」

「そうなんですよ。白笛さんの茶会はあさってだから、私も留助さんもちょっと焦っていたんですけれどね。でも、親方によしと言われたんで、ほっとしています」

茶碗をふきながら小萩が答えた。

「そのことなんですけれどね、あさっては山野辺藩の留守居役とお顔合わせもあるでしょ。みなさんは、どうするのかしら」

「だから手分けをすることにしたんですよ。山野辺藩には私と大旦那さん。ほかの人たちは茶会に向かいます。私もお顔合わせが終わったら茶会に向かうつもりなんですけれど、お武家様の会は長引くかもしれないですよね。ここまで準備して、あとは留助さんにおまかせっていうのが残念なんですけれど」

小萩が答えると、須美は驚いた顔になった。

「あら、お顔合わせは全員で行かないの？」

「もちろんですよ。大店ならともかく、うちではとても……」

「それはだめよ。二人なんて。お顔合わせには全員で行かないと。それでないと、二十一屋が山野辺藩を軽く見ているように思われるわ」

「でも、そうしないと茶会の準備が……」

小萩の言葉をさえぎって須美は大真面目な顔で言った。

「茶会と重なっているというのは、こちらの都合でしょ。お武家の人たちにそんな理屈は通らないわ。お忙しい留守居役さまがわざわざ時間をとって私たちと会ってくださるのよ。

こちらも、礼を尽くさないと。それが、お武家の方たちとおつきあいをすることなのよ」

「……そういうものですか」

面倒だなとちらりと思う。

「あのね、お武家さまは私たち商人や職人とは違う考え方をするの。お武家の人には上の方からの言葉は絶対よ。目上の方からお声がかかったら、なにをおいてもかけつける。お役をいただいたら、それがどんなに大変で、たとえ理不尽でもありがたく承らなくてはならないの」

「……はい」

「前例とかしきたりも大事で、それにはずれるのはとても失礼なことよ。孔子さまの言葉に『礼儀三百威儀三千』というものがあるの。礼儀作法は三百あるけれど、それを覚えるだけでは十分でなくて、その上にさらに三千もの事柄を学ばなければならない。つまり、終わりがないってことなの。このことを子供の時から厳しく躾けられて身につけている。留守居役は殿さまのお近くにいて粗相がないように万事取り仕切るのがお仕事なのよ。礼儀作法の見本のような方なのよ」

「でも杉崎さまは……」

着古した着物で道端で菓子をむしゃむしゃと食べている杉崎の姿が思い出された。

「杉崎さまは特別。あの方をもとにしたらだめよ。今度の留守居役さまは杉崎さまとは違う。その違うことを示すためにも、このお顔合わせがあるのかもしれない。人心一新をしたいのよ」

須美は難しい言葉を使った。

「つまり、私たちも新しい気持ちになれってことですか」

「そう。だって山野辺藩は去年、大水が出てたくさんの被害が出たんでしょ。財政も厳しいはずよ。今までのやり方ではやっていけないのかもしれない」

「じゃあ、大旦那さんと私だけで行くのは礼に反したことで……」

須美の顔が険しくなった。

「礼儀知らずの私たちに無理難題を押し付けようって思わないとも限らないわ」

うわぁ。

小萩は心の中で叫ぶ。

須美は仏壇屋の嫁だった。お武家さまとのつきあいも多かったという。

「私たち商人や職人はお武家さまの下にいる者でしょ。だから、お武家さまに対してはつねにへりくだって、相手を立てなくてはいけないの。こんなことを言ったら申し訳ないけれど、禄高の高くない、……たとえば鉄砲組のご家族……幕府からの俸給だけでは暮らしが厳しくて庭で野菜を育てて、内職をして暮らしを立てているような方たちに対しては、お武家の誇りを傷つけないよう普段以上に気を遣ったのよ」

嫁ぎ先であった仏壇屋は名の知れた大きな見世だった。奉公人が何人もいて、家族は豊かに暮らしていた。だからこそ彼らの気持ちに添うよう、身を低くしていたそうだ。

突然、正月に挨拶に行ったときのことが思い出された。

大晦日、牡丹堂の人々はのんきに除夜の鐘を聞きに行ったのだ。そこで大名家の出入り商人は元旦に挨拶をするのがしきたりだと聞き、あわてて身支度を整えて向かった。あんなに大変な思いをしたのに、どうして忘れていたのだろう。

あわてて須美とともに仕事場に行き、徹次に事情を説明した。

「確かにその通りだ。こちらも茶会のことに気をとられていた。うっかりしていたな。やっぱり全員で行くしかないのか」

「じゃあ、茶会はどうするんだよ。山野辺藩に行ったらなんだかんだで半日はつぶれちまうじゃねぇか。茶会に間に合わねぇよ」

幹太が声をあげた。

顔合わせは五つ半（午前九時ごろ）に始まると聞いているが、終わりの時刻は分からない。茶会は九つ半（午後一時ごろ）である。半蔵門から日本橋まで戻って、それから着替えをして準備を整え、根岸に行くというのか。

「前日に用意すれば多少は助かるけど」

伊佐が言う。月餅も杏仁の寒天寄せもれんこんの浮島も幸い味が変わりにくい。

「嫌だよ、そんなの。その日につくったほうがうまいんだよ。俺たちは菓子屋なんだよ。いい物を出したいじゃねぇか」

幹太は声を荒らげた。

その気持ちは分かる。大事な茶会。しかも難しい注文を二十一屋ならと声をかけてもらったのだ。期待に応えたいではないか。

須美が頰を染めてうつむいている。

「うーむ」

徹次がうなる。

「人数が欲しいわけだろ。助っ人を頼むってのはどうだ」

留助が思いつく。

「人を頼んで代わりに行ってもらうのか？」

伊佐が呆(あき)れた顔になる。

「そんなうまい具合に頼める人がいるかしら」

小萩が言う。

「途中で抜けるって手もあるよな」

幹太が膝を打つ。

「ご挨拶の途中にですか？」

須美が信じられないという顔をした。

「とにかくなんか方策を考えないとな。須美さん、悪いが人数分の着物を用意してくれ」

徹次は困り切った顔で言った。

「途中で抜けるのがいいよ。どうせ広間にいっぱい集まっているんだろ。後ろの方に座ってれば分からねぇよ」

幹太が軽い調子で答え、真面目な伊佐は困った顔になり、留助はへらへらと笑っている。

小萩はそんなみんなの顔を眺めるばかりだ。

「では、それについてはみなさんで考えていただくとして、私はおかみさんと相談して着る物を用意することにしますね。留助さんと伊佐さん、小萩さんの分もこちらで用意したほうがいいですね」

須美がてきぱきとした調子で言った。

「そうしていただけると、ありがてぇなぁ。そんな立派な着物を持っていないから」

「分かりました。お任せください」

そう言って出て行った。

そのとき、見世の戸をたたく音がした。

小萩が出て行くと、古いつきあいの三河屋のおかみである。

「夜分に申し訳ないねぇ。さっき、うちのおじいさんが亡くなったんだよ。通夜があって葬式はあさってだ。葬式饅頭百個、お願いできるかねぇ」

「ご隠居が……。そうですか。お淋しくなりますねぇ。長くご贔屓いただきましたからねぇ、心をこめてつくらせていただきます」

「おじいさんはお宅の大福が好きだったからねぇ。頼むのなら、お宅しかないと思っていたんだよ。おじいさんも喜ぶと思うよ」

おかみは涙をふいて笑顔を見せた。

小萩は複雑な思いで徹次といっしょに頭を下げた。

この上、葬式饅頭もあるのか。心配の種がまた一つ増えた。

三

徹次を先頭に弥兵衛に幹太、留助、伊佐、須美、小萩の総勢七人が、山野辺藩の上屋敷に向かっている。膝を痛めたお福と子供の清吉は留守番である。

　大広間に案内されると、すでにたくさんの者たちが集まっていた。多くは黒紋付の羽織袴の正装で、かしこまって座っている。前の方に座るのは呉服屋や酒屋などの大店である。後ろには八百屋に魚屋、大工などだ。

　小萩たちもずっと後ろの方に座った。

途中で抜けるつもりだから、その方がありがたい。あのあと、みんなで相談して幹太と留助と伊佐の三人が途中で抜けることにしたのだ。

伊勢松坂の一団はずっと前の方にいた。番頭たちに混じって主の勝代の姿もある。伊勢松坂は大人数で、門の外にも伊勢松坂の印半纏を着た若い衆が地面に正座していた。お屋敷に入れない下位の者も今日のこの日を祝うために馳せ参じましたという風である。

　勝代は黒っぽい着物を男のように着つけ、黒い髪をひっつめて身じろぎもせずに座っていた。「私のことは男と思ってくださいよ」という意志の表れなのだろうか。勝代のことを知らない者たちがちらちらと見て、なにかささやき合っている。

吉原で育ち、妓楼の主でもある勝代は、いつもこんな風に男の装いをしている。吉原というのは夜咲く花のような場所だ。小萩たちのいる昼の世界とは異なる独特のならわし、しきたりがある。一夜千両が動く場所。喧噪があり、闇があり、沈む者がいれば浮かぶ者がいる、それが吉原だ。

その妓楼の主である勝代にはさまざまな噂がある。勝代が率いる伊勢松坂はかつて松兵衛という男のものだった。勝代が松兵衛を陥れ、自分のものとした。伊勢松坂はそれまで以上に繁盛し、勝代自身も老舗名店の寄り合いである曙のれん会の上座に座り、力を発揮している。怖れる人がいる一方、憧れ、心酔する者もいる。

勝代は男の形をして、世間に戦を挑んでいるのかもしれない。だが、皮肉なことに男のように装った勝代は妖しい美しさを見せている。

突然、若い武士がこちらにやって来て言った。

「二十一屋の方々はこちらに。前の方に来てください」

「あ、いや、わしらはここでいいんで」

徹次があわてた。後ろの目立たない席がよいのである。

「わしらは小さな菓子屋ですから、このあたりが丁度いいんですよ。お気になさらずに」

弥兵衛も声をかける。

「いやいや、席は決まっております。どうぞ」

そう言われては仕方ない。うながされて全員で立ち上がる。勝代の並びに案内されてしまった。

じろりと勝代がこちらをにらむ。

――なんでお前たちがここに。

そういう目である。

杉崎の命でつくった御留菓子がなかなかに評判がよいと聞く。そのためだろうか。

やがて顔合わせがはじまった。挨拶やら祝辞やら、あれこれと続き、そのたびに平伏する。美しい言葉で山野辺藩や新しい留守居役が称讃され、婉曲な表現で藩の窮乏が語られ、なにがしかの協力が求められていることが、ゆっくりと伝わってきた。

前に座っている幹太がじりじりと焦っている様子だ。

――分かった、分かったよ。言いたいことがあったらさっさと言って、終わりにしようぜ。こっちは次があるんだ。急がねぇと間に合わねぇんだよ。

心の声が聞こえてきそうだ。

「もう、待てねぇ。俺は行くぞ。伊佐兄も留助さんも適当にな」

そうささやくと、するりと幹太が座を立った。一礼すると脇から静かに部屋を出て行った。全員が座っている中でひとりが立てば、目につかぬはずはない。けれども、あまりに自然な様子なので誰も声をかけなかった。

留助と伊佐が体をずらし、幹太の抜けたあとが分からないように座り直す。

また、しばらくすると、今度は留助が座を立った。同様に出て行く。

さらに伊佐。

三人も抜けてしまうと二十一屋のあたりは不自然な隙間ができている。

さすがにまずい。

出て行った三人も焦っているかもしれないが、残された小萩だって気持ちの置き所がない。これなら、替え玉を三人手配した方がよかったではないか。

「ああ、これはいけないわ。困った」

隣で須美がうろたえている。

あれこれ思っても後の祭り。このままなんとか、やり過ごすしかない。

じりじりして待っていると、ようやく新しい留守居役、盛沢征之信(もりさわせいのしん)が姿を見せた。

年のころは四十半ば。

怜悧(れいり)という言葉はこの人のためにあるのではないだろうか。広い額の下に細く鋭い目が光っている。やせて尖ったあごに薄い唇。膝にのせた手の指がやけに骨ばって長かった。

小萩は平伏したまま、上目遣いで観察していると、征之信と目があった。

しまった。

首を縮めて体を小さくする。

征之信が近づいて来て言った。

「先ほど三人帰っていった。二十一屋の者だそうだ。いかなる理由か」

低い、鋭い声で徹次にたずねた。

うわぁ。気づいていたのだ。

小萩は胸のうちで叫ぶ。徹次の喉が「ぐうっ」と鳴る。

「いかなる理由か」

再度たずねた。

どうやら征之信は本気で腹を立てているらしい。

先ほどの若い武士もやってきた。

「この場をなんと心得る。答えによってはただではすまんぞ」

一喝する。

答えなければならない。だが札差の茶会の用意があるからとは、口が裂けても言えない。

徹次は困っている。

当意即妙な言葉が出る男ではない。

人々は息をのんで成り行きを見守っている。

一瞬の間だったのかもしれない。小萩には永遠のように思えたけれど。

「二十一屋の者でございます。無礼を承知で私が返答を申し上げます」

声をあげたのは須美だった。

「じつはご葬儀の菓子を用意してほしいと注文が入りました。名のある方ではございません。長年、私どもの菓子を食べてくださった方です。菓子はお誕生からはじまって、七五三、祝言と人の一生に寄り添い、その最後の葬式にも供えられます。そんな菓子屋にとりまして、ご葬儀の菓子の注文というのは、とりわけ大切なものなのです。私どものような小さな菓子屋に心をかけていただき、このような晴れやかな場にお声をかけていただき、まことにありがたく思っております。中座したことは申し訳ございません。けれど、退出しました三人に他意はございません。ただ、ひたすら亡くなった方を悼み、見送りたいと思ったからでございます。ぜひ、この事情をお汲み取りいただければと存じます」

嘘ではない。しかし、真実かといえば、そうとも言えない。

須美は涙を浮かべ、心からの詫びを伝えた。

弥兵衛も言葉を継ぐ。

「いや、まったく、こんな晴れやかな場所に出させていただくような見世じゃないんでございますよ。礼儀も何も分からないような職人風情でございますから、いいも悪いもなくね、体が動いちまいますんで。どうか今日のことは穏便にお願いいいたします」

頭を畳にすりつける。

「申し訳ありません、申し訳ありません」

小萩はひたすら繰り返す。

「わしが二十一屋の主です。このたびのことは、ただひとつ、主であるわしが至らなかった。責はわしにある。無礼をお詫びいたします。本当に申し訳ないことをいたしました」

徹次が大きなよく響く声で言った。短い言葉のひとつ、ひとつに誠意をこめ、心から謝罪をしていることを伝えていた。堂々とした見世の主としての姿だった。

長い沈黙があった。

「そうか。葬式か」

征之信は低くうなずくと頭をふった。

「昨年の秋、国元でも大水があり、たくさんの死人が出た。年寄りもいたし、幼い者もいた。これからを背負う藩士も数多く失った。残された者の悲しみ、悔しさは、はかり知れない。そうか。菓子は人の一生に寄り添うものか。……うかつなことだが、今までそんな風に考えたことはなかった。そういう理由なら仕方ないな」

踵を返すと座についた。

何事もなかったように新任の挨拶をはじめた。

小萩はそっと息を吐いた。気づくと額も背中も汗をびっしょりかいている。隣に座る須美は真っ青な顔で全身を震わせていた。

とにかく、この場を切り抜けたのである。

顔合わせが終わると、小萩たちは小走りで見世に戻った。徹次と小萩は急いで着替え、白笛の屋敷に向かった。

竹林を背にした茶室では茉莉花茶がふるまわれるところだった。

「おう、間に合ったな。これから俺たちの浮島が出て行くところだ」

留助がのんきな様子で言った。

「いつもの茶会とは全く違うんだ。清国の茶会は話をするためのものなのか」

伊佐が小萩にささやいた。

「春霞さんも白虎屋のご主人も、そのようなことを言っていた気がする」

小萩は答えた。

女中たちが茉莉花茶をいれたギヤマンの茶碗を運んでいく。続いて、れんこんの甘煮を飾った浮島が供される。

開いた襖から「亜米利加」「長崎奉行」という言葉が聞こえた。

「どういう人たちか分からないけど、今日はずっとその話だ」

幹太が言った。

男たちはゆるりと茶を飲み、静かに語り合っている。酒も音曲も入らない。熱心に語り合い、時折、眉根を寄せ、中空を見つめて沈黙した。

嘉永二年（一八四九）に英吉利の船が浦賀と下田に来た。幹太が松屋の隠居に聞いた話では、すでに琉球が英吉利、仏蘭西に開港しているそうだ。

それを小萩は自分たちには関係のない遠い世界のことと聞いた。

だが、春霞は琉球の絣と泥で染めた帯を身につけていた。清国の茶でもてなす今回の茶会とあの着物や帯は関わりがあるに違いない。

小萩のふるさとは鎌倉のはずれだ。浦賀も下田も同じ海辺の町ではないか。ならば、外国の船は父や母のいる鎌倉にも来るのだろうか。

次々と疑問がわいて、小萩は胸が苦しくなった。

「どうした？　やけに深刻な顔をしているぞ」

伊佐がたずねた。

「ううん。なんでもない」

小萩は答えた。伊佐が笑うと、霧が晴れたような気持ちになる。


茶会は夕刻まで続いた。

片付けをすませて白笛の屋敷を出た。

「そうだ。あれからどうだったんだ。大丈夫だったのか」

伊佐がたずねた。

「それが大変だったのよ。留守居役がすごく怒ったんだから。私たちは無礼打ちになるかと思った」

危ういところを須美の機転で免れ、徹次が堂々とした態度で謝罪した。

小萩はその詳細を身振り手振りを加えて幹太と留助と伊佐に伝えた。

「そんなことがあったのか」

三人はとても驚いた。

「私は震えているだけだったけど、須美さんは勇気がある。肚（はら）が据わっていた」

小萩は言った。

「すごいなぁ、すごい人だ」

幹太が感心する。

「余計なことは言わない。でも自分が何をすべきか分かっているんだな」

伊佐がうなずく。

「牡丹堂に必要な人だ。須美がいなかったら、今頃、どうなっていたか分からない。金の草鞋で探すべき人だよ」

留助が言う。小萩もまったく同感だ。

徹次は今日のことをどう思っているのだろう。いや、小萩たちがあれこれ言わずとも、徹次はとっくに須美のすばらしさに気づいているに違いない。小萩は思った。

とびきりかたい、かりんとう

一

菜の花が咲く頃の曇り空を「菜の花曇り」とも呼ぶそうだ。

昨日までの穏やかな晴天とは変わって、厚い雲がかかっている。

その日、小萩庵にやって来たのは母と娘だった。いつものように三畳に案内した。母親のお香は三十過ぎ。深緑の格子柄の着物に黒い帯、丸髷につげの櫛を挿している。ふっくらとした頬の娘は花といって十四、五歳。浅黄色の無地の着物に藍色の染めの帯。髪には珊瑚玉のかんざしを挿していた。

色を抑えた装いに品の良さが感じられた。

「主が煙草を吸い過ぎますので、少し控えてもらうための菓子をお願いしたいのです」

お香が言った。

「煙草がお好きなのですね」

小萩がたずねた。

「好きというより手放せないんです。私どもの主は国学者で、学而（がくじ）と申します。日がな一日古文書を読んでは考えを書き留めており、考え事をするときには煙草が欠かせないと申します。でも、やはり量が過ぎますとね」

お花が口をとがらせた。

「朝起きてから夜眠るまで、お父さまは煙管（キセル）を手にしているんです。だから部屋にあるたくさんのご本も、持ち物も煙草の匂いがしみついているんです。障子（しょうじ）なんか半年で黄色く染まってしまうんですよ」

「でもね、それはいいんです。私たちは慣れっこになっていますから。心配なのは体の方なんです。半年ほど前から妙な咳（せき）をすることがあってお医者さまに診ていただいたら煙草の吸い過ぎだから、少し量を減らしたほうがいいと言われました。そのときは本人も気にして煙草を控えてみたんですけれどね……」

苦し気な顔になる。

「なかなか難しいそうですね」

小萩も言った。

「今年の冬、風邪をひいて十日ほど煙草が吸えませんでした。風邪が治って、そのまま十日ほど煙草をやめました。そうしましたら朝起きたとき、のどの調子がよろしいんだそうです。いつも夜になると頭が痛いと申していましたが、それもない。本人も喜んで、そのまま煙草をやめるって宣言したんです。今度こそ、大丈夫かと私たちも見守っていましたら、また、いつの間にか吸い始めてしまいました」

以前にもある芝居小屋の小屋主から、医者に煙草を止められている戯作者のための菓子をつくってほしいという依頼を受けたことがある。よくよく話を聞いてみると、十日後に幕を開けるはずなのだが、肝心の芝居の台本が上がってこない。小屋主も役者たちも今か今かと台本が書き上がるのを待っている。それを知っている戯作者だが、焦るばかりでなんの知恵も浮かばない。困った挙句、煙草がないから頭が回らないのだと言い訳したのだ。

小萩は戯作者の家をたずねて話を聞くと、本当の問題は煙草にあるのではなく、むしろ大きな気分転換が必要なようだと気づいた。気取り屋でこだわりの強い戯作者は、鎌倉時代の漂泊の歌人、西行に心酔しているらしい。

そこで牡丹堂のみんなは茶人の霜崖にも一役かってもらって、夜更けに一芝居打った。霜崖とどちらが西行通であるのか競ったのだ。霜崖に上手に戯作者に勝ちを譲ってもらった。勝利した戯作者はつきものが落ちたように再び筆を執る。たちまちのうちに書き上げた台本は大当たりをとったのである。

しかし、今回はそうした隠れた訳はなさそうである。

「そうしますと、ご依頼は煙草の代わりになる菓子ということですね。今までにも、なにか試されたものはございますか」

小萩はたずねた。

「はい。口寂しいのを紛らわせるために飴や炒り豆、昆布を用意しました。飴はいいのですが、豆は腹がふくれる、昆布は味が嫌いだと文句を言われました」

「でも、結局、食べるんですけれどね」

お香の言葉にお花が口をはさんだ。その目が笑っている。父親のことが好きなのに違いない。

「そうですか。では飴と昆布はやめて、甘くなくて、お腹に溜まらないものですか……。難しいですねぇ」

小萩は首を傾げた。

「それから、もうひとつ、あまり、煙草の代わりになるという目的があからさまにならないようにしてほしいのです。つまり、ふつうのいただきもののお菓子という感じで……。今までに何度も煙草をやめると誓いを立て、そのたび禁を破っておりますので……」

「お父さまはお体裁屋のところがあるんですよ。家族に対しても、いいところを見せたいんです。だから男が一旦口に出したことを簡単に翻してしまった。そういう自分を許せない。認めたくない。私たちに指摘されるのはもっと嫌。そういう感じなんです」

「これ。父親にそんな言い方はいけませんよ」

お香にたしなめられてお花はおどけた顔つきをした。

娘は父親のことをよく見ている。妻や娘の前でいいところを見せたいという主の気持ちも先刻承知なのだ。

そのとき、須美が茶と菓子を運んで来た。今日の菓子は、ひとつは「深山つつじ」という菓銘のきんとん。緑の中に紅と白のそぼろを置いて、山に咲くつつじの姿を描いている。もうひとつは白小豆のこしあんを藤色に染め、葛で包んだ「若紫」。葛のなめらかな舌触りが心地よい一品だ。

「若紫という菓銘は『源氏物語』にちなんでいるのでしょうか」

さすが学者の女房である。お香はすぐに気がつく。

「はい。幼い若紫にふさわしく、淡い色合いで仕上げました。中は鮮やかな藤色なのですが、葛で包んでいるのでこの色になるんです」

「ころりと丸い姿も面白いわ」

食べるのがもったいないというように、お香はながめている。

「ところで、『面白』という言葉、なぜ『白』の字を使うかご存知ですか」

いたずらっぽい目で小萩を見た。

「いいえ。どうしてですか？」

「お父さまに教えてもらったんですけれどね、面白いの『面』は正面とか面前の意味なんです。そして『白い』は目の前がぱっと明るくなる感じ。きれいな景色を見たときに、はっとするでしょう。それが面白いという言葉の本来の使い方ですって。お父さまはそういう言葉の意味や由来を研究する学問をしているんです」

お花は誇らしげな様子になった。

「そういう意味があったんですか。ひとつ、勉強になりました」

小萩は感心した。国学と聞いたときはなにかとても堅苦しく、難しいものだと思ったけれど、ふだんの言葉のなりたちを学ぶ身近な学問であるようだ。

「世間では夫のことを気難しい、恐（こわ）い人だと思われていますけど、本当はとてもこまやかなやさしい人なんです。聞けば何でも教えてくれるし、冗談も言うんです。お菓子を届けてくださったときに、顔を見てやってください」

お香が言い、お花もうなずく。

その様子で仲のいい親子であることが伝わってきた。二人は学而のことが大好きなのに違いない。

二人を見送って仕事場に行くと、徹次と幹太が羊羹を煉っていた。留助と清吉はどら焼きの皮を焼き、伊佐は煉り切りの仕上げにかかっていた。

「小萩庵のお客さんはどうだった？　菓子の依頼はなんだ」

徹次がたずねた。

「学者のご主人がひっきりなしに煙草を吸うので、少し控えてもらいたい。そのための菓子をつくってほしいということです。今までにも炒り豆や昆布は試して不評だったので、今回は、炒り豆と昆布はやめて、お腹に溜まらないものということで。……それから、見かけはふつうのお菓子で、煙草の代わりになるという目的があからさまにならないようにしてほしいと」

「難しい注文だなぁ」

伊佐がつぶやく。

「そういうことは、やっぱり経験者に聞かないとなぁ」

みんなの視線が留助に集まる。牡丹堂で唯一の喫煙者だった留助は生まれた子供のために煙草をやめたのだ。

「いやぁ、あははは。なかなかね、煙草をやめるっていうのはそうは簡単にいかないんだよ。俺の場合は空助のためだからね。家族ができると変わるんだよ」

留助は照れて頭をかいた。

「それで留助さんはどうやってやめたの？」

小萩はたずねた。

「やっぱり飴をなめたり、水を飲んだり……。それから梅干の種をしゃぶっていた」

「かたくてずっと味がしているのがいいんだな」

幹太は察しがいい。

「かたいかりんとうはどうだ？　噛めないようなかたい奴」

伊佐が言う。

「木の枝みたいなの？　なめると薄甘い」

小萩がたずねた。

「生姜糖はいいよ。甘さを控えてぴりっと辛い」

留助も提案する。

「葉っぱを噛めばいいんだよ」

突然、清吉が無邪気な明るい声で言った。

「松葉とか、笹の葉は味があるよ。おいらは昔、お腹が空いたとき、葉っぱをかじっていたんだ」

両親をなくし、身寄りのない子供たちばかりが集められた家で育った。子供たちへの扱いはひどく、いつもお腹を空かせていたに違いない清吉の言葉に、みんなは一瞬しんとした。

「そうだなぁ。清吉は知恵があるなぁ」

徹次が笑顔で答えた。


その晩、長屋に戻って井戸で洗い物をしていると、畳職人の女房のお梅（うめ）が来て、声をひそめてささやいた。

「あんたさぁ、うかうかしていたらだめだよ。あのお柳（りゅう）って女が、伊佐さんに粉をかけているの知っているだろ」

「なんのことですか」

小萩はぽかんとした。それを見たお梅が困ったねぇという顔をした。

「いやだねぇ、のんきで。あの女、やたらと伊佐さんに話しかけているじゃないか」

「そうそう。伊佐さんがひとりで井戸端に来ると、あの女はかならず部屋から出て来るよ。見張っているんじゃないのかい。伊佐さんはいい男だからねぇ」

魚のぼて振りの女房のお染も話に加わった。

「……そんなことはないと思いますけど」

小萩はあいまいに答えた。

一月ほど前、長屋にお柳という二十ぐらいの女が越して来た。居酒屋で働いているというお柳は眠そうな下がり目をしていた。甘ったれたような語尾を伸ばすしゃべり方で、いつも大きな胸と尻をぷりぷりと揺らすように歩いている。小萩は顔を合わせれば挨拶を交わすくらいの付き合いである。

気づいていなかったが、そんなことがあったのだろうか。

「あの手の女は図々しいんだよ。いい顔をしていると、ずかずか踏み込んでくるからね。あんたも注意しな」

お梅は厳しい顔をして言った。

「そうだよ。あたしたちは治ちゃんのことを知っているからさぁ、やっぱり心配なんだよ」

お染もうん、うんとうなずきながら言う。

「治ちゃんって人は以前、ここに住んでいた人なんですか」

長屋の噂話に加わってはいけないと思っていたが、このときばかりはつい聞き返してしまった。お梅とお染が待ってましたという顔になった。

「二年ほど前だったかねぇ、若い噺家の治ちゃんと嫁さんのお藤ちゃんって夫婦が住んでいたんだよ。治ちゃんは気のやさしい、いい男なんだけど、若手の噺家だからたいした稼ぎにゃならない。お藤ちゃんが料理屋の仲居をして暮らしを支えていたんだ」

お梅が話し出した。その先をお染が引き受ける。

「ある時ね、お豊って女が引っ越してきた。年は二十をいくつか過ぎていたかねぇ。治ちゃんより、五つは年上だったよ。新橋の芸者だったたって言ってたけど、あれは嘘だね。新橋芸者がなんで壱兵衛長屋に住むんだよ」

「鼻も低いし口も大きいし色も黒いし、ぎすぎすにやせていて、とうてい美人には見えなかったけど、うちの亭主は色っぽいって言ってたね」

お梅の言葉にお染もうなずく。

「うん、うちの亭主もありゃあ、いい女だなんてほざいていたよ。まったく男はどこを見ているんだかねぇ」

二人は声をあげて笑った。小萩は話の先が気になってきた。

「……それで、治ちゃんとお藤ちゃんはどうなったんですか」

「ああ、ごめん、ごめん。それでね、お藤ちゃんは毎日仕事に出かけて行く。治ちゃんは部屋で落語の稽古だよ。お豊がなんだかんだって治ちゃんにかまっていたのは、あたしたちも気づいていたんだ。……夏の夕方だったねぇ、ふらっと治ちゃんがお豊の部屋から出てきたんだ。そのときの顔を見て、あたしは、あっと思った」

「それからは、もう、治ちゃんはお豊の部屋に入り浸りだよ。で、半月後、お藤ちゃんが出て行った。そのすぐ後、治ちゃんとお豊もここからいなくなった。今、お藤ちゃんやお豊がどうしているのか知らない。治ちゃんはときどき寄席に出ているらしいけどね」

「そんなこと……」

「あるはずはないと思うだろ。だけど、まさかってことがあるのが男と女なんだよ。分かっただろ。早く気づいて芽をつんでおかないとさ」

お梅とお染は小萩の目をのぞきこんだ。

心配してくれているのか、面白がっているのか分からない顔つきをしていた。苦いものが口の中に広がった。

「教えてくれてありがとうございます」

そう言って小萩は立ち上がった。

部屋に戻ると伊佐が膳の用意をしていた。

「ごめん。なんだか話が長くなってしまって」

いつもの夕餉になった。小萩の胸に嫌な気持ちだけが残された。

お香とお花の依頼の菓子のひとつは、かりんとうに決めた。

油で揚げて黒糖をからめたものは味が濃いし、腹にたまる。だから、麦粉を水で練って低温で焼いてみただけのものにした。食べてみたら自然な麦粉の、ほんのり甘い味がした。水の代わりに甘酒で練ると、さらに風味がよくなった。口の中で転がして楽しんでほしかったので、梅干の種ぐらいの大きさに小さく丸めてみた。

もうひとつは紅白の縞模様をつけた有平糖である。南蛮渡来の菓子で砂糖を煮詰めて、板の上で何度も転がし、棒状にのばしたりしながら形を整える。かたいので口の中でゆっくりと転がして甘さを味わう。これは、有平糖の得意な伊佐につくってもらうことにした。

最後はごぼうやれんこん、ふきを煮て、蜜をふくませたもの。野菜のくせや青臭さを味わう菓子である。これらを千代紙をはったきれいな箱に詰めることにした。

三日ほどしてお香とお花がやって来た。

菓子を見せながら説明をした。お香はうなずき、お花は目を輝かせた。

「ありがとうございます。思っていた以上のものになりました。でも、あの人は癇が強いから、黙って渡すとがりがり嚙んでしまいそうです。説明書きを添えた方がいいですね」

お香が言った。

「ねぇ、普通の説明書きだったら面白くないから、お父さまへの謎かけにしない？」

お花が言った。

「どんな風に？」

お香がたずねる。

「かりんとうのところに上の句だけが書いてあるの。たとえばね……」

瀬をはやみ岩にせかるる滝川の
（瀬が速いので岩に遮られる滝川とおなじように）

百人一首にもある崇徳院（すとくいん）の和歌だ。

「下の句は、**われても末にあはむとぞ思ふ**（一度は別れ別れになっても、行末はかならずまた逢おうと思う）。なるほど、**割れても末にあ食（は）むとぞ思ふ**とかけるわけね」

少し苦しいけれど、嚙みくだかないで食べてくださいという意味であるらしい。

「いいわねぇ。それこそ、いつもお父さまがおっしゃる言（こと）の葉（は）よ」

お香がうなずいた。

「言の葉というのはなんですか？」

小萩がたずねると、お花はよくぞ聞いてくれましたという顔になった。

「それはね、人を幸せに、楽しくさせる特別な言葉のことなんですよ。私たちは言の葉を大切にしなさいって言われているんです」

それから二人は楽しそうに知恵を絞り始めた。

「お花、これはどうかしら」

天つ風雲のかよひぢふきとぢよ
をとめの姿しばしとゞめん　僧正遍照
(空吹く風よ、天女が通るという雲の中の道を吹き閉じておくれ。美しい天女たちの姿を今しばらくこの地にとどめておこう)

「こちらは、ゆっくり口の中で転がしてくださいということね。紅白の有平糖にぴったりだわ」

ふたつは簡単に出たけれど、三つ目はなかなか出ない。

「煙管を手放して耐えてくださいという意味で」

お花があげたのは式子内親王（しょくしないしんのう）の歌だ。

玉の緒よ絶えなば絶えねながらへば
忍ぶることの弱りもぞする

(私の命よ、絶えるのならば絶えてしまえ。このまま長く生きていれば、耐え忍ぶ力が弱って、心に秘めた恋が人に知られてしまいそうだから)

「よく分かりませんけれど、『弱りもぞする』というのは、少し違うと思います」

思わず小萩が話に加わった。

「……それなら、こちらはどうかしら。物思いにふけるという意味で」

花の色はうつりにけりないたづらに
わが身世（みよ）にふるながめせしまに

(花の色はすっかり色あせてしまった。春の長雨が降っていて、私がむなしく世の中や恋について物思いにふけっている間に。同じように私の容姿もすっかり衰えてしまった)

お香が言う。

「小野小町ね。『ながめせしまに』を言いたいのでしょうけれど、ちょっと分かりにくいわ」

二人は姉妹のように楽しそうに語り合う。

「ねぇ、小萩さんはどう思います？」

お花に突然、矛先を向けられて小萩はどぎまぎした。鎌倉にいたころ正月には姉のお鶴や友達と百人一首のカルタ取りをしたが、意味のほうはさっぱりだった。最近になってやっと、菓子づくりには和歌を知ることも大切だと気づいて関心を持つようになったのだ。

あわてて、あれこれと記憶を探った。

「えっと……、そうだ。これはどうですか。お二人からのという意味で。たしか光孝天皇の歌です」

きみがため春の野にいでてわかなつむ
我が衣手に雪はふりつゝ

（あなたにさしあげるために、春の野に出て若菜を摘んでいる私の袖には、雪が降り続いています）

「君がためというところがいいわね」

「よく、この歌を思い出してくださったわ」

お花とお香に喜ばれて小萩はうれしくなった。

「本来、若菜は春の七草のことだったかと思いますが、今回はふきで。なるべく緑色になるように仕上げます。雪のように砂糖も薄くまぶして。和歌の方もご用意いたしますね」

元気よく言った。

夜、伊佐と二人で長屋に戻った。そのとき、長屋の前の道には誰の姿もなかった。

いったん部屋に入り、小萩は夕餉の支度をはじめた。気づくと伊佐の姿が見えないので外に出てみると井戸端で伊佐とお柳が話をしていた。

「いやだわぁ、伊佐さんったら」

お柳がしなをつくり、高い声で笑って伊佐の肩をたたいていた。妙に馴れ馴れしい様子なのが嫌だった。

伊佐がもどって来たとき、小萩はたずねた。

「お柳さんとなにを話していたの？」

「うん。なんか、お客さんからもらったものがあるから、いっしょに中を見てほしいって言われたんだ」

「中身は何だったの」

「なんか、着るものみたいだった」

そんなもの、自分だけで見ればいいのに。

小萩は少しいらいらした。

「変よね、あの人。たいした用でもないのに伊佐さん、伊佐さんって馴れ馴れしくて」

「別に俺にだけ馴れ馴れしいわけじゃないと思うよ。居酒屋で働いているんだろ。そういう人なんだ」

伊佐はいつもの顔で答えた。


お香とお花に頼まれた菓子を仕上げて本郷（ほんごう）の住まいに届けた。

幹太がどこぞで聞きかじってきた話では、お香の夫、お花の父である学而は世に知られた学者であるそうだ。しかし、家はずいぶんと小さく、古い。

勝手口から声をかけると、戸が開いてお花が姿を見せた。料理をしていたのか、たすきがけである。

「まぁ、ありがとうございます。楽しみにしていました。どうぞ、あがってくださいな。座敷のほうに母がおります」

勝手口の脇が二畳ほどの土間で台所になっていた。夕餉の支度なのか、まな板には大根やねぎが置かれ、鍋から湯気があがっている。

廊下の片側には書物の山が連なっていた。折り重なり、積み上がり、いまにもくずれそうである。

「たくさんのご本ですねぇ……」

「うちはどこもかしこも、本だらけなんです。全部、お父さまの本です。そのうちに抜けるのではないかと心配になります」

書物の脇をすり抜けて廊下を進み、襖を開けると三畳ほどの部屋にお香がいた。

しかし、この部屋も本が積み重なっている。学而の家が思いのほか小さく狭いのは、本をたくさん買うからに違いない。

「まぁ、わざわざ、ありがとうございます。じゃあ、こちらで見せていただきましょうか」

小萩は風呂敷包みを開けて、紙箱を取り出した。

瑠璃色の地に青海波の模様がはいっている箱に三種の菓子を入れた。それぞれに表に上の句、裏に下の句が書いてある小さな短冊がついている。

「まぁ、かわいらしい」

「やっぱり、和歌をつけてよかったですね。和歌こそ、言の葉だから」

お香とお花は顔を見合わせて笑う。

「でも、今は文治郎さんがいらしているから、お見せするのは後にしましょうか」

「そう、そう。あの方はいつも一言余計だから」

二人でこそこそと作戦を練っていると、襖の向こうで声がした。

「悪いね、茶を一杯もらえないかな」

「はい、ただいま」

お花が明るい声で返事をする。襖を開けると、次の間が見えた。南に向いた明るい座敷に男が二人座っていた。

「あれ、そちらはどなただい」

学而がたずねた。広い額に眉間には深いしわが刻まれて、厚いまぶたの奥の細い目が光っている。

心の裡まで見透かされそうな鋭い眼差しだ。

「日本橋の菓子屋、小萩庵でございます。今日はお菓子をお届けにまいりました」

小萩は挨拶をした。

「菓子かぁ、そりゃあいいなぁ」

すかさず口をはさんだのは、向かいに座っていた男だ。たしか文治郎と呼ばれていた。

丸い顔に丸い鼻。愛嬌(あいきょう)のある丸い目をしている。

「文治郎さんは黒糖饅頭(こくとうまんじゅう)がお好きでしたね」

お香がやんわりと言う。

「黒糖饅頭もいいけどさぁ。お花さんが手に持っているのがその菓子かい」

文治郎はちらりとお花の手元を見る。

「きれいな箱だよねぇ。それが日本橋の小萩庵さんの菓子か。今日はそっちが食べたい気分だなぁ」

図々しいのか、無邪気なのか。文治郎という男は何者なのだろう。学者には見えないし、弟子という風でもなさそうだ。小萩は不思議に思った。

「そうだなぁ。私も今、食べてみたくなった」

学而も鷹揚(おうよう)な様子で続けた。

渋々お花が箱を開ける。

先にのぞきこんだのは文治郎だ。

「ほう、なにやら由緒ありそうな菓子だねぇ。これはかりんとうかな。で、有平糖。こっちはごぼうに蓮（はす）にふきか。お、短冊がついてる。さては、謎かけだな。せんせは謎かけが好きだからねぇ」

左手の太い指で短冊をつまむとカルタ取りのように短冊を読んだ。

瀬をはやみ―岩にせかるる滝川の―

もう片方の手は早くもかりんとうに伸びている。ぱくりと口に入れた。

「かたいですから噛まないでください」

小萩があわてて伝えたが、時すでにおそし。

がりりと高い音がして、ひゃあと文治郎が叫んだ。

「なんだよ。ひでぇかてぇじゃねぇか。おお、痛（いて）ぇ。歯が欠けたかもしれねぇ」

「ですから、これは……、そのお、飴のように口の中で転がす菓子で……」

小萩があわてて説明する。

「だから、その謎解きを短冊にしたんです。謎を解いてから食べてほしかったの」

お花が口をとがらせた。

「はぁ？」

あごを押さえたまま文治郎は短冊をながめた。

われても末にあはむとぞ思ふ

「せかせか食べると歯が割れるってかぁ」

ちろりとお花をながめ、お香と小萩に視線を移した。そして、ポンと膝を打った。

「わかった。せんせ、まあた、禁煙に失敗したでしょう」

「ふむ」

突然、指摘されて学而は驚いた顔になる。

「しょうがねぇなぁ。煙火をやめるのは勢いだよ。やめると決めたらもうすっぱりやめる。飴だの、昆布だの、菓子だのでごまかして引き延ばしちゃだめ。年増(としま)遊女(ゆうじょ)の深情(ふかなさ)けってやつでさ。そういうスケベ心を出すから、ずるずるべったりになるんだよ」

学而は思わずむっとなる。目をむいて何か言いたそうな様子になった。先に口を開いたのはお香だ。

「文治郎さん、それは少し言い過ぎではないですか」

やんわりといさめる。

「ああ、そうだねぇ。失礼をしました。偉いせんせでも、これぱっかりはやめられないんだねぇ」

あははと笑う。

学而の顔が怒りで真っ赤になった。

「お前たちはまた余計なことを。煙草は考えをまとめるために必要なんだ。そう言ったではないか。まだ、分からないのか。この菓子は持って帰ってもらえ」

勢いよく立ち上がると部屋を出て行ってしまった。廊下から足音が響いてきた。

「あーあ、せんせ、また怒っちまったよ。あの人は気が短いのがよくないね」

菓子に手を伸ばしかけたが、にやりと笑ってひっこめた。

「おっと、**夏草や岩にしみいる痛さかな**。まだ、奥歯が痛いよ。やっぱり、いつもの黒糖饅頭がよかったねぇ」

お花がつんとした様子で立ち上がり、部屋を出ていく。

お香がふと思い出したように小萩を振り返り、わざとらしい様子で言った。

「まぁまぁ、小萩庵さん、お忙しいところお引き止めして申し訳ありませんでしたねぇ。お見送りいたします。私どももこれから出かけるところがございますから」

ちらりと文治郎を見て、小萩を勝手口まで案内した。

「お役に立てないで申し訳ありませんでした」

小萩が謝ると、お香はあわてた様子になった。声をひそめて言った。

「とんでもない。今日は、お見苦しいところをお見せしてしまいました。でもね、これは文治郎さんがいけないんですよ。あの人が余計なことを言うから。……文治郎さんは夫がお世話になっている方の息子さんでね、暇を持て余して、よくこちらに遊びに来るんです。大丈夫、ちょっとへそを曲げただけですから。お菓子はあとで部屋においておきます」

お香が言った。

二

小萩は少しもやもやしている。伊佐とお柳のことだ。

いつものように伊佐と小萩は二人いっしょに帰って来た。部屋に入ると、小萩はすぐに夕餉の支度にとりかかった。

その日の夕餉は冷や飯の湯漬けとみそ汁。それに煮売り屋で買って来たいわしの煮つけと切り干し大根だ。

水を汲みに行った伊佐がなかなか戻って来ないので外に出てみたが、伊佐の姿がない。ずいぶん待って伊佐がもどって来たのでたずねた。

「どこに行っていたの」

「ああ、お柳さんに部屋の入口の建付けが悪いから見てくれって言われたんだ。ろうそくを塗ったけど、あんまり変わらなかった。あれはちょっと削らなくちゃだめだな」

伊佐は答えた。

そんなこと、自分でやればいいのに。

そう思ったけど、言わなかった。意地悪に聞こえそうだったから。

それから二人でご飯を食べた。

静かな夕餉だった。

いっしょになったばかりのころは、伊佐はよくしゃべった。それは伊佐なりに気を遣ってのことだったらしい。このごろは自分からは話さない。

小萩もふだんならあれこれとしゃべるが、その日はお柳のことがあったので黙っていた。

隣の部屋から子供の笑い声が聞こえてきた。母親が何か言い、父親が大声を出す。にぎやかな様子が伝わってきた。

鎌倉の実家もいつも騒がしかった。

おとうちゃんが突飛なことを仕出かしておかあちゃんが驚いて、おじいちゃんとおばあちゃんもあれこれと口をはさんだ。小萩は姉のお鶴と仲が良く、いつもおしゃべりをしていたし、弟の時太郎はなんやかんやとふたりの邪魔をした。

ここは静かだ。

伊佐といっしょにいるのに、ひとりでいるみたいだ。

もそもそとご飯を食べていたら、伊佐が言った。

「なんで、そんな怖い顔をしているんだ」

「別に。いつも通りよ」

「そうか」

小萩が器を洗って戻って来ると、伊佐は一人静かに菓子帖を眺めていた。

それは千草屋の主、作兵衛から譲られたものだ。かつて千草屋は神田では名の知れた大きな見世で、そのころ客の注文を受けてさまざまな菓子をつくっていた。とくに煉り切りや変わり羊羹を得意としていた。それらを描いた菓子帖を作兵衛は伊佐に託した。伊佐に婿に来てもらいたいという気持ちがあったからだ。結局、その話はなくなり、今、一人娘のお文が千草屋を切り回しているのだけれど。

千草屋の菓子帖には、牡丹堂のものとは姿も色合わせもひと味違う菓子が並んでいる。

牡丹堂の菓子は、見世をはじめた弥兵衛やその娘で徹次の妻、幹太の母親であったお葉の好みや人柄を反映して、洒脱で遊び心があるものが多い。たとえば桜なら花全体ではなく、花びら一枚だけを描く。色もほんのり紅のぼかしを入れるという具合だ。

一方、千草屋の菓子は色も形もはっきりしている。柿ならだれが見ても柿だ。茶色のへたに小枝までつけている。そうかと思うと、撫子と名づけて藤色と黄色の煉り切りを色紙のように四角くたたみ、あんを包んだものもある。菓銘がなければ、花であることすら分からない不思議な姿だ。客の好みか、思い切った冒険だったのか。

伊佐はそれらを飽きずに繰り返し眺めている。

その背中を見ていたら、小萩の胸のもやもやはだんだん大きくなった。

「ねぇ、伊佐さん。もう、あのお柳さんと話をしないで」

伊佐が振り向いた。

「なんでだ？」

「だってあの人変よ。伊佐さん、伊佐さんって、やたらとべたべたして。……長屋の人にも言われたの、居酒屋の女だから気をつけた方がいいって」

思いがけずきつい言い方になった。伊佐は眉根を寄せた。

「別に居酒屋とは関係ないだろ。……それで機嫌が悪かったのか」

「そういうわけじゃないけど」

「長屋には、あれこれくだらない噂をしたがる人もいるんだ。小萩はそういうことに耳を貸さないと思っていたのにな。……小萩はお柳さんと話をしたことがあるのか」

「……挨拶ぐらいなら」

「よく知らない人を見かけで判断するのはよくないよ」

正論だ。だから、よけいに小萩はもやもやした。その話はもうおしまいというように、伊佐は菓子帖に目を落とした。

井戸端で鍋を洗っていたら、留助がやって来た。

「なんだよ。伊佐となんかあったのか」

伊佐は菓子を届けに出かけていった後だった。

「別に」

小萩はそっけなく答えた。

幹太もやって来て、小萩の顔を見てにやりとした。

「おはぎ、伊佐兄とけんかしたんだろ」

「してません」

幹太と留助は顔を見合わせて笑う。

「おはぎはいつも伊佐兄にまとわりついているのに、今日は違うもん」

「まとわりついてなんかいないもん」

「なにかっていうと、伊佐の顔を見ているしな」

「見てないですよ」

「見てる、見てる」

二人はまた笑う。

「しゃべった方がいいよ。腹にためていると、辛くなる」

「まぁ、なんだな。俺が先輩として話を聞いてやる」

「結構です」

小萩は二人にかまわず再び鍋を洗い始めた。

その鍋にお柳の顔が浮かんだ。口のあたりがむずむずしてきた。

「男の人はさぁ、やっぱり、色っぽい女の人が好きなのかなぁ」

ひとり言が出た。

「ほお。色っぽい女がいるんだ。長屋にか？　どんな女だ？」

留助が食いついてきた。隣で幹太がにやにや笑っている。

結局、小萩はお柳について話すことになった。

「……だからね、用もないのに伊佐さん、伊佐さんって寄って来るんですよ。お客さんからもらったものを見てほしいとか、表の戸の建付けが悪いとか。伊佐さんも親切に相手をしてやるんですよ」

「で、そいつは美人なのか」

「顔は、まぁ、ふつうです。でも、胸とお尻が丸くて大きいんです。こう、わざとぷりぷり揺らして歩くんです」

小萩が真似(まね)をすると留助は手を打って笑った。

「そうかぁ。やっぱり、伊佐もそうか」

「おはぎが丸いのはほっぺただけだもんなぁ」

幹太も苦笑いをする。

「そんなに笑わなくてもいいじゃないですか」

小萩はへそを曲げた。

「それで、そのことを伊佐兄に言ったのか」

幹太がたずねた。

「そしたら、長屋にはくだらない噂をしたがる人がいるんだ。よく知らない人を見かけで判断するのはよくないって」

「そうだな。うん、伊佐らしい答えだ。やきもちを焼く小萩が悪いな」

留助が断罪する。

「そんな……。味方になってくれるのかと思ったのに……」

小萩はがっかりした。

「冗談、冗談。伊佐はそのお柳って女のことはなんとも思ってないよ。気にしなくていいよ」と留助。

「そうだよ。伊佐兄は、女心には疎（うと）いからさ。心配ないよ」

幹太も言った。

二人に言われて小萩も少し安心した。そして、つまらないやきもちを焼いたことを恥じた。

用事があって神田に行った帰り道、川沿いの柳の脇にお文の父、作兵衛の姿を見かけた。

夕暮れが近づいた時刻で風が冷たくなってきた。

ぼんやりと川面（かわも）を眺めている作兵衛の背中は曲がり、年よりじみていた。髷が曲がり、黒っぽい縞の着物の上に羽織（はお）ったちゃんちゃんこも古そうである。寝床からそのまま出てきたような感じがした。

小萩の知っている作兵衛はいつもきちんとした身なりをしていた。

「今日は、どちらかにおでかけですか」

「ああ、小萩さんか。いや、前の千草屋があった場所に行ってみたんだよ。でも、すっかり変わっちまって、どこだかわからなくなった」

くぐもったような声で言うと、淋しそうな顔で笑った。

作兵衛はずいぶんやせていた。唇が乾いて顔色もよくなかった。

「あの火事がいけなかったんだよ。そうでなかったら千草屋はまだあったんだ。小萩さんに昔の千草屋を見せたかったねぇ。大きくて立派な見世だったんだよ。手代が何人もいて、ひっきりなしにお客が来ていた」

火事で以前の千草屋の見世を失ったのはもう二十年ほど前のことだ。

「私も立派な千草屋さんを見たかったです。でも、今の千草屋さんも好きですよ。福つぐみを買いに、お客さんがたくさん来てるじゃないですか。お文さんも立派な主になって、いいお仕事をされていますよ」

小萩は作兵衛を元気づけるように言った。

「そうだねぇ。うん、そうだ。今じゃ、お文は千草屋の大黒柱だ。……だけどさぁ、女の人の幸せっていうのは、やっぱりご亭主を持って子供を育てることじゃあ、ないのかい？小萩さんは伊佐さんというい旦那さんを持って幸せだよ。いや、めでたいことだよ。わしもお文に花嫁衣裳を着せたかった。わしがお文を千草屋に縛り付けてしまったんだ」

「お文さんは器量よしだし、人柄もいいし。お婿さんになりたい人はいっぱいいるんじゃないですか」

うりざね顔に大きな黒い瞳、すっとまっすぐな形のいい鼻とふっくらとした唇。藍色の着物に藍の帯をしゃきっと結んで、半襟だけが白。何事にも一所懸命で働き者。お文に憧れる人は多いはずだ。

「それに、お文さんは千草屋の仕事が好きで、楽しんでいますよ。縛り付けたなんて……、そんなことお文さんは思っていませんよ」

作兵衛は小萩に向き直り、声をひそめた。

「あのな、ここだけの話なんだけどさ。お文には好き合っていたお方がいたんだよ。その人がお国に帰ることになった。わしは、お文について行けって言ったんだ。わしらのことは気にするな。千草屋のことはなんとかするって。身分のある方だからね、奥様にはなれないかもしれない。だけど、そういうことは関係ねぇんだよ。相手の人を信じて、胸にとびこむっていうのも大事なんだ。なぁ、そう思うだろ。女の人の幸せっていうのは、好きな人といっしょになるってことなんだから。……ね、そうだよね。だからさ……」

作兵衛がうわごとのように繰り返した。

「そうですね。作兵衛さん、もう日が暮れてきますから千草屋に戻りませんか。お文さんが心配していますよ」

歩き出そうとした作兵衛の膝は力が入らず、がくんと肩が落ちた。小萩はあわてて腕をとって支えた。その腕が細いのでびっくりした。

足をひきずり、ゆっくりと歩く作兵衛を助けて千草屋に戻った。

千草屋の見世の前にはお文が立っていた。二人の姿を認めると走り寄って来た。

「小萩さん、おとっつぁんを連れて来てくださったの。ありがとうございます。おとっつぁん、どこに行っていたのよ」

「ああ、うん、お文。いや、ちょっとね、前に千草屋のあった場所を見たくてね。行ってみたけど、もう、どこだかわからなくなっちまった。すっかり変わってしまったからねぇ」

作兵衛はもぐもぐと言い訳をした。

見世を一太に任せ、奥の部屋に連れて行った。そこには薄い布団が敷いてあった。

「疲れたな。少し休むか」

そう言って作兵衛は横になったかと思うと、軽い寝息をたてて眠ってしまった。

「小萩さん、お茶でも飲んでいかない」

めずらしくお文が誘った。

茶の間に座ると、お文が温かいほうじ茶を入れてくれた。

「驚いたでしょ。去年の秋ごろから急に弱ってしまったの。このごろは、昔のことばかり言うようになったのよ」

「お文さんのことを案じていましたよ」

「花嫁姿を見たかったって言っていなかった」

「言ってました」

お文が苦く笑った。

「おとっつぁんはね、私が杉崎さまと約束していて、でも、千草屋があるからついて行かれなかったって思い込んでいるのよ。でも、違うのよ。そんな話はないの。杉崎さまはお菓子のことをよく知っていて、福つぐみのことでも相談にのってくださった。そういうことなの」

それだけだろうか。

小萩が千草屋の前を通ると、杉崎が来ていることが何度かあった。杉崎が熱心になにかを語り、お文もまた尋ねているようでもあった。おそらく菓子の話をしているのだろう。

そう思って小萩は声をかけずに通り過ぎた。

二人のことだ。余計な話はしなかっただろう。

それでも、気持ちは通じていたのではないだろうか。

けれど、杉崎は国に戻らねばならなかった。父親が人生をかけて築いた堤（つつみ）が大水で破れ、大きな被害が出たからだ。その堤は田畑を潤（うるお）し、山野辺藩を豊かにするために必要なものだった。だから、杉崎は人々の先頭に立ち、一から堤をつくり直すのだそうだ。

それは長く、困難な仕事だろう。妻となる人も、苦労を覚悟しなくてはならない。

そもそも町人の娘が武家に嫁ぐのは簡単ではない。ましてや杉崎のような身分のある者が相手の場合は、一旦、武家の養女となり、その家から嫁ぐという形をとるのが普通だ。たとえ、そうした手続きを経たとしても、国元の親類縁者の中には反対する者も出るだろう。肩身の狭い思いをすることも多いはずだ。

それが分かっていながら、あの杉崎がお文を連れ帰りたいと言うだろうか。お文も杉崎の気持ちを痛いほどわかっていたに違いない。

お文の白い手が髪に挿したつげの櫛にふれた。

「お別れに言の葉をいただいたの」

「言の葉を？」

「そう。言の葉というのは、心をこめて贈る言葉のことですって。杉崎さまがくださったのは、それぞれの場所で一所懸命にってこと。その言の葉とともにいただいたのが、この櫛なの。山野辺藩のつげの木でつくったものですって」

一所懸命。

一つの場所を守り抜くという武士の言葉だ。

「杉崎さまらしい言の葉ですね」

小萩は言った。でも、なんだか少し、さっぱりしすぎているような気がする。お別れならば、もっとこう、淋しいとか残念とか、元気でいてくださいとかそういう言葉が欲しい気がした。

けれど、お文は晴々(はればれ)とした顔で言った。

「私は今、とても幸せなのよ。お菓子っていう夢中になれるものがあるから。どうしたら、おいしいあんこが炊けるのか考えて、工夫して、お客さんに喜んでもらって。千草屋をもっといい見世にしたいの。一所懸命ってそういうことでしょ」

「そうですよ。私もそう思います」

お文のまっすぐで健気(けなげ)な気持ちが伝わってきた。だからこそ、一所懸命は堅すぎる。もっとやさしい、なにか……。

三

あれ以来、お香とお花から音沙汰はない。小萩は気になって家をたずねてみた。

勝手口で声をかけると、お花が顔を見せた。

「近くまで来ましたので、お寄りしました」

小萩が言うと、お花はうれしそうな様子になった。しかし、次の瞬間、声をひそめて言った。

「文治郎さんがまた来ているんですよ。お父さまを連れ出そうとしているの」

家の中から文治郎の大きな声が聞こえた。

「そんな、せんせ、難しい顔をして机に向かっても知恵は出ませんよ。時にはね、外にて気分を変えないとだめ。さ、芝居を観に行きましょうよ。市村座(いちむらざ)で評判の芝居があるんですよ。心中物で切った張ったの見せ場があって、泣いて笑える。せんせ、芝居小屋には言葉があふれてますからね、役者は言葉に命をのせてしゃべってるんだから。机の前でうんうんうなってるより、よっぽどためになる」

その間に学而の「ああ」とか、「うん」とかいう声が聞こえる。

「ああやっていつもお父さまを連れ出して、芝居を観たり、ご飯を食べたり、お酒を飲んだりしているの。それで払いは全部、お父さまなのよ。お金の事だけじゃないのよ。文治郎さんにあちこち引きまわされると疲れてしまうのよ。次の日はぐったりして、仕事が手につかないの」

頬をふくらませた。

「でも、断れないんですね」

「だって、あの通り強引でしょ。それに、文治郎さんのお父さまにはとてもお世話になっているから」

お花は首を伸ばして部屋の様子をうかがった。どうやら、芝居を観に行くことで話がまとまったらしい。

「ごめんなさいね。こんな話。でも、あのお菓子はね、おっかさんが黙ーって部屋においておいたら、お父さまは食べてました。和歌の謎かけも気に入ったみたい。ありがとうございます」

お花に礼を言われた。

二つほど用事を終えて見世に戻る途中、学而と文治郎が歩いているのを見かけた。芝居か落語かなにかを観て、食事にでも行く途中らしい。

文治郎が何か言い、学而が笑う。

家でお香やお花を前にしていた時とは違う晴れ晴れとした笑顔だった。

机に向かっているときとも、違う顔だろう。

そうか。

だから文治郎は学而を外に連れ出すのか。

小萩は学而が迷惑そうな顔をしながらも、文治郎を遠ざけない理由が分かったような気がした。

翌日もまた、偶然、文治郎に会った。文治郎はひとりで水茶屋に座っていた。小萩の顔を見ると、手招きをする。

「この間はどうも」

小萩が挨拶をすると、自分の横の席をトントンと叩いた。座れということらしい。

「失礼します」

小萩が座ると、にやりと笑って自分の頬をさすった。

「失礼しますじゃねぇよ。家に帰ってよく見たら、やっぱり歯がかけてたんだ。ひどい目にあった」

「先にご説明をさせていただければよかったんですけど……」

「俺が話を聞かずに手を出したのが悪いってか」

「……そういう意味じゃないですけど」

気まずい感じになった。そのとき、見世の女がやってきた。

「あ、茶をひとつね。団子を二串。俺とこの人の分」

文治郎がすらすらと注文する。勘定はこっち持ちだなと小萩は観念する。

醤油団子と茶が運ばれた。

串に刺して炭火でかるくあぶって醤油を塗ったものだ。少し焦げ目がついて香ばしい。しこしこ、もちもちとしたおいしい団子だ。

「あんたさぁ、あの家の母子に俺のことといろいろ聞いたんだろ。俺がしょっちゅう、あのせんせにつきまとっているから迷惑だって言ってなかったか」

「いえ、いえ。そんなこと、ないですよ」

「いいんだよ、知ってんだから。そういうとこが、あの母子の分かってないところなんだなぁ。俺はせんせに必要な人間なんだよ。だってさ、せんせの学問は言葉なんだよ。言葉ってのは生き物なんだ。人が声に出してしゃべって命を与えるんだ。本に書かれている言葉をいくら研究したって、ほんとのところは分からねぇよ。言葉が生きて働いているところを見なくちゃね。だから俺はせんせをそういう場所に連れていってるんだ」

胸をはった。

「それが芝居小屋に行ったり、お酒を飲みに行ったりすることなんですか」

「まぁ、そうだね。芝居小屋だの、飲み屋だのにはいろんな人が来て、いろんなことをしゃべっている。そういう生きのいい、ぴちぴち跳ねているような言葉を浴びなくっちゃ」

「……私は本の中の言葉でも心を動かされます」

お香とお花の肩を持つ。

「まぁ、そういうこともあるな。だけどな、言葉は文字が生まれる前からあったんだぜ。声は消えてしまうから、残すために考え出されたのが文字だ。おかげで、昔の人の言葉を知ることができる。だから、せんせはせっせと万葉集(まんようしゅう)や源氏物語を紐解いて、昔の人の言葉を聞いている」

文治郎は意外に学があるらしい。すらすらと解説した。

「だけどさ、俺に言わせれば、そういうのは刺身だね。腕のいい料理人がわた骨をはずして、きれいに包丁を入れて器に盛ってさ、さぁ、見てくださいって並べたものよ。もちろん、それはうまいよ、きれいだよ、すごいよ。でもさ、本当の生きている言葉を知るには、料理人が包丁を入れる前の、ばたばた暴れているところを見なくっちゃ」

「そうですね。おっしゃることの意味がなんとなくわかってきました」

文治郎はふふんと鼻で笑った。

「あんたは女の人だから、芸者とか遊女とか、居酒屋に行くことがないだろ。ああいうところの女の人はね、しゃべりの職人だ。どうやってお客を喜ばせるかを毎日考えている。そりゃあ、顔がきれいだ、姿がいいってのも大事だよ。だけど金を稼ぐのは、おしゃべりの上手な娘だ」

「へぇ、そうなんですか」

思わず話に引き込まれた。

「あったりまえだよ。男がああいう場所に行くのはさ、もちろん、色好みってのもあるよ。だけど、そればっかりじゃねぇ。どっちかっていやぁ、いい気持ちにさせてもらいに行くんだ。菓子屋さんだって、そうだろ。お客さんがどんな気持ちで見世に来ているのか考えて、ふさわしい物を勧めたり、誂(あつら)えたりするんだろ」

「そうです。牡丹堂はそういう見世です。私がやっている小萩庵はそれを売りにしています」

しかし、そういう意味ではまだまだ、小萩は一人前として胸をはれない。

達人といえるのは、隠居した元おかみのお福、そして須美である。

お福は相手の懐にするっと入ってしまうし、須美はお客のちょっとした顔つきや仕草を見て、気持ちを察することができる。そのことを言うと、文治郎は大きくうなずいた。

「うん、そうだろう。あんたはまだまだ、修業が足りない。見ただけで分かるよ。だからね……」

あ、しまった。この話は長くなる。

そう思ったが、文治郎はしゃべりだした。

「あんたも一度、芸者について回ってさ、どんな風に言葉を操っているか見てくればいいんだ。たとえばさ、芸者は着物や三味線を運んでもらう箱屋を頼んでいるんだよ。冬の寒い日にはね、こう言うんだ」

――あーら、箱屋さん、悪いねぇ、こんな日に。体がすっかり冷えちまったんじゃないのかい。早く家ン中に入って火鉢におあたりよ。ここはあったかいからさ。

シナをつくって芸者の真似をする。

「な、言葉一つで、次も気持ちよく仕事をしてもらえるだろ」

「はぁ」

小萩は茶碗の底に残った茶をすすった。

「せんせはさ、ひっきりなしに煙管をふかす。でさ、意外に不器用だから、しょっちゅう灰が転がるんだ。着物に落として焼け焦げをつくりそうになる。若い、おちゃっぴいの芸者が言うんだよ」

──煙草盆に紐をつけて、せんせの首から下げちゃおうかしら。

「言われてうれしそうな顔しているよ」

先日見かけた学而の晴れ晴れとした表情が浮かんだ。

「あんなにすてきな奥さまとお嬢さんがいらして、あれこれ体に気を遣ってもらっているのに、それってどうなんですかぁ」

「だからさぁ、あんまり大事にされるのも疲れるんだよ。人間ってのはわがままなもんだからさ。それに、ほら、あのせんせはまじめだから、家にいるときは家長で父親で偉い学者の顔をしなきゃならないって思っているんだ。疲れるんだよ」

「そういうもんですかねぇ」

だんだん話がそれてきた。いろいろ理屈をつけるが、結局のところ、文治郎は学而をだしにして遊びたいだけなのではないだろうか。

「そろそろ、私は」

小萩は財布を取り出そうとすると、文治郎が言った。

「いいよ、ここは。どうせ、俺が出す。っていっても親父の金だけどな。せんせの本代も親父が出しているんだ。あの人はほっておくと本ばかり買ってしまう。だけど本ばっかり読んでいても言葉はわからねぇんだよ。俺が本の代わりさ。俺って本を買ったと思えばいいんだ」

まだまだしゃべり足りなそうな文治郎をおいて、見世に戻ることにした。

文治郎の言った居酒屋の女はしゃべりの職人だという言葉が気になった。

お柳は色気もあって、その上、おしゃべりも得意なのだろうか。伊佐はお柳のことを何とも思っていないかもしれないが、お柳は伊佐を気に入っている。絶対に、そうだ。

なんだかんだ言っても、やっぱり小萩はまたお柳のことが気になっている。

気づいたらお柳の働いている居酒屋のすぐ近くまで来ていた。

お柳が見世の表を雑巾で拭いていた。腰をかがめ、力をこめ、隅の方まで手をのばしてごしごしとこすっている。表の戸は古く、泥がはねているから拭いてもなかなかきれいにならない。けれど、お柳は一所懸命だった。

あの人も小萩と同じように、働いている人なんだな。

掃除や洗い物やそういう細々とした日々の仕事をこなしているのか。

そう思ったら、今までお柳に対して抱いていたとげとげした気持ちがゆっくりと消えていった。長屋の人たちが噂をするような人ではなくて、小萩と同じようにただ、ふつうに働いている人なのだと思った。


見世に戻ると須美が出て来た。

「先日のお菓子のことで、学而さんとおっしゃる先生がいらしています。奥のお座敷に案内をしておきました」

まさか、学而も歯を痛めたわけではないだろう。恐る恐る小声でたずねた。

「どんな様子でしたか」

「べつに普通ですよ。お菓子を喜んでいらっしゃいました」

奥の座敷に行くと、学而はきちんと膝に手をおき、背筋を伸ばして座っていた。秀でた額、厚いまぶたの奥の細い目が光っている。やっぱり少し怖い感じがする。なにも言われていないのに、叱られているような気持ちになった。

「わざわざ、お越しいただいてありがとうございます」

ていねいに頭を下げた。

「いや、先日のお菓子はとても……楽しめました。和歌の謎かけもよい趣向です。こちらでつくっていただいたそうですね。……それで、ひとつうかがいたいのですが、感謝とか、詫びとか……まぁ、そういった気持ちを伝える菓子というのはないですかな」

「……感謝と詫び？」

「いや、あのとき私は、ついかっとなって怒ってしまった。けれどね、後で部屋でひとり、和歌を読みながら菓子を食べたんですよ。……おいしい菓子でした。よく考えられている。あの二人がこんなにも心配をしてくれているのに……大人げなかったなと」

「それでお菓子を……」

「そうでしょうなぁ。煙草をやめなくてはいけないと思っておるのですが、なかなかできない。考え事をしていると、つい煙管に手が伸びてしまうんですよ。医者にも注意されていましてね。自分で決めた約束事を、守れないというのは悔しいし、恥ずかしい。そうしたら、文治郎の奴、からかうようなことを言ったでしょ」

今度は文治郎のせいにしている。

世間では偉い先生で通っているのに、意外に子供っぽいところがある。

そういうところが、お香とお花にはかわいらしく見えるのか。

「それなら今度はお客さまが言の葉を添えて菓子を贈るのはいかがですか？」

「つまり、返歌ですな」

学而は膝を打った。

須美が茶と菓子を運んできた。今回も菓子は「若紫」。白小豆のこしあんを藤色に染め、葛で包んだものだ。

「菓銘の若紫というのは、源氏物語にちなんでいるのでしょうか」

学而はお香と同じことをたずねた。

「源氏物語や和歌に関係した菓子もいろいろございますし、おつくりすることもできます。先に和歌を決めていただくことはできますでしょうか。その歌に合わせた菓子をご用意いたします」

「そうですね……。ひとつを選ぶのは難しいな」

難しい顔になった。

「そうだ。これにしましょう。万葉集、山上憶良（やまのうえのおくら）です」

銀（しろかね）も金（くがね）も玉も何せむにまされる宝子にしかめやも

（銀も金も宝石も、どうしてそれらより優れている子どもという宝に及ぶだろうか。いや及ぶまい）

「お嬢さまに向けたものですね。喜ばれると思いますよ。では、奥さまはどういたしましょう……」

「ああ、そうですよね。もうひとつ、あったか。うん、こちらはもっと難しい……」

宙をにらんで考えている。

口の中でもごもごとつぶやき、首を傾げ、あれやこれやと考えた挙句に言った。

「こちらではどうでしょうかねぇ」

春日野の雪間をわけて生ひ出でくる草の
はつかにみえし君はも　**壬生忠岑**

(春日野の雪の間を分けて芽吹いてくる草がわずかに見えるように、わずかに見えたあなたの姿であったよ)

「私も大好きな歌です。たしか、京から春日神社に出かけたとき、ほのかに見かけた女の人への忘れがたい思いを詠んだものですよね。春日神社といえば縁結びですし。奥さまにぴったりです」

「あ、いや、これは……。はは、季節も違いますしね。いやいや、そちらはなくてよいでしょう」

急に照れて頰を染めた。

おやおや？　もしかしたら学而とお香の思い出の和歌だったのかな？

小萩は想像をたくましくする。

「お菓子ですが、たとえば、ひとつは黄金にかけてくちなしで染めた黄金色の生地で橘を象ったもの。もうひとつは白金にかけて山芋を使った真っ白な薯蕷饅頭はいかがでしょうか」

簡単に絵に描いて説明した。

「ああ。きれいだ。そちらでお願いします」

学而は満足そうに微笑んだ。

やさしげな様子をしていたので、小萩はずっと気にかかっていたことをたずねてみることにした。

「ところで、一つ教えていただきたいのですが、お二人から『言の葉とは人を幸せに、楽しくさせる特別な言葉』と教えていただいたのですが、具体的にはどういう言葉を指すのですか？」

問われて学而は学者の顔になった。

「今は同じように使われていますが、かつては『言の葉』と『言葉』は別々のものとして区別されていました。言葉は声に出してお互いの意思の交換や事実の指示に使われるものです。いわば普段の言葉。一方、言の葉というのは、歌の言葉、心のこもったありがたい言葉。言葉が毎日のご飯のようなものなら、言の葉は人を喜ばせ、温かい気持ちにさせる特別な日のお菓子でしょうね。どちらも、私たちの人生に必要なものです」

「そう説明していただけると、よく分かります」

小萩はうなずいた。

「そうそう。大事なことがひとつ。言の葉というのはとくに、男性が女性に気持ちを伝えるときに使われます」

「気持ちを伝える……？」

「あなたをお慕(した)いしています、大切に思っています、そういう恋の気持ちです。源氏物語にはね……」

学而はいくつも例をあげて詳しく説明をしてくれた。

それを聞きながら、小萩はお文の顔を思い浮かべていた。

お文は確かに杉崎から「言の葉」をもらったと言った。そうか、杉崎はきちんと思いを伝えていたのだ。

一所懸命。

ならば、それは別れの言葉ではなくて、いつかまたという約束でなくてはならない。

いつか再び、会う日が来る。

その日を二人で待ちましょう。

そういう意味だ。そうに違いない。

小萩は祈るような気持ちでそう解釈した。

「どうかなさいましたか？」

「じつは国に帰る殿方を見送った知り合いがいまして、その方から言の葉をもらったと聞いたので」

「たしかに言の葉とおっしゃったのですか」

「ええ、言の葉。そのしるしにお国の名産のつげでできた櫛をくださったそうです」

学而は大きくうなずいた。

「言葉と言の葉の違いを知っている方はそう多くはありません。まして、その場にふさわしく使える方はもっと少ない。すてきなお二人なのでしょうね」

「ええ、本当にお似合いの二人です」

小萩は答えた。

翌日、小萩は出来上がった菓子を届けた。それを見たお香とお花はとても喜んだ。

「こんな返歌が来るとは思わなかったわ。せっかくだから、お母さまにも和歌を送ってくだされればよかったのにね」

「あら、いいのよ。私には」

お香は微笑(ほほえ)む。

本当はね、あったんですよ。お香さんへの言の葉。

小萩は思ったけれど、黙っていた。

壬生忠岑の和歌が二人をつないだものだったら、お香は気づいたに違いない。小萩は白い薯蕷饅頭に春日大社の神のお使いである「鹿」の焼き印を押したのだ。小萩からお香への謎かけだ。

あっさりと小萩の心を見抜いたらしいお香が、

「あの人は照れ屋さんだもの。ね、小萩さん」

目配せを送ってきた。

その晩、夕餉のとき、小萩は伊佐に言った。

「勝手に誤解して機嫌を悪くしてごめんなさい」

「なんだ？」

いわしの煮つけを食べていた伊佐は不思議そうな顔をした。

「お柳さんのこと。おかしな気を回しちゃった。あの人は、長屋の人たちが噂をするような人じゃないと思う。ふつうの、働いている、女の人だ」

「俺もそうだと思うよ。よく、分からないけど」

伊佐は小さくうなずいた。

夕餉が終わって膳を片付けていると、伊佐がひどくまじめな顔で言った。

「俺はずっと一人で暮らしていたから、一人でいるのに慣れているんだ。それがふつうなんだ。小萩は鎌倉の家でたくさんの家族とにぎやかに暮らしていたから、淋しいと思うこともあるのかもしれないね。そういうときは、ちゃんと言葉にして伝えてくれ。言われないと分からないから」

「うん。分かった。これからはちゃんと思ったことは伝えるから」

伊佐は小萩の手をとった。

「俺はずっと家族が欲しかった。どこかに行ってしまうのではなく、ずっと俺といっしょにいてくれる家族だ。だから、小萩が俺の家族になってくれてとてもうれしい」

小萩はうれしくて、恥ずかしくて顔が真っ赤になった。

でも、なにか、ちゃんと言の葉を返さなくてはいけないと思った。しっかりと伊佐の手を握り返して言った。

「私も伊佐さんの家族になれてうれしい」

学而、お香やお花のように和歌は知らない。杉崎のような意味深い言の葉でもない。伊佐も小萩もただ、素直に気持ちを表した言葉だ。でも、やっぱりこれは二人の、二人だけの言の葉だと小萩は思った。

吉原芸者の紅羊羹（べにようかん）

一

やわらかな日差しが木々を照らしている。桜のつぼみがふくらんで、緑の下草が広がり、陽だまりには気の早いすみれやたんぽぽが小さな花をつけた。

小萩庵にやって来たのは吉原芸者の千代菊（ちよぎく）である。

うりざね顔にくっきりとした二重のまぶた、ふっくらとした唇の十八歳である。お座敷の時は粋（いき）に銀杏返し（いちょうがえし）やつぶし島田（しまだ）に結（ゆ）うそうだが、この日は素人娘のような島田で化粧もしていない。色白の産毛（うぶげ）が光るようなつやつやした肌をしていた。芸者と聞かなければ、素人娘にしか見えない様子である。

「このたび二挺鼓（にちょうつづみ）の打ち手としてのお許しをいただきました。また、自前芸者になりますので、そのお披露目（ひろめ）のお菓子をお願いしたいんです。小萩庵さんのことはお客さまからうかがいました。若い女の菓子屋さんが、その人にあったお菓子を考えてくださる。それがとっても、面白く、温かいって」

はきはきとした調子で言った。

吉原の女芸者には遊女屋が抱える『内芸者』と検番（芸者の監視や派遣申し込みの取り次ぎ、送迎、揚代《玉代》の勘定などを行う事務所）を通す『検番芸者』の二種類があった。内芸者は廓の中に住んで客をとるが、検番芸者は客をとることが禁じられていたので廓の外の長屋などに住む者が多かった。

検番芸者の中でも、置屋に籍をおかず独立して働く者を自前芸者と呼んだ。いわば自営業。自身が置屋の主となるわけだから衣装などの掛かりは自分持ちだが、勝手がきくし祝儀（花代）の取り分も多くなる。

しかし、二挺鼓とはなんだろう。聞いたことのない言葉だ。

「吉原の喜久佳姐さんが考えた技で、小鼓と大鼓の楽器を一人二役で打ち分けます。あたしは喜久佳姐さんからその技を直接仕込まれ、このたびお客さまの前でご披露するお許しをいただきました」

小鼓は肩にのせて打つ締太鼓だ。革を適度に湿らせ、調べを強く握ったりゆるめたりして革の張りを変えて音の高さや響きを打ち分ける。

一方、大鼓は膝にのせて打つもので、革を熱で乾燥させ、調べできつく締めあげて金属質な甲高い音を出す。

同じ鼓でも音色も仕組みも全く違う。同時に扱うのはさぞ難しいことだろう。それに、小鼓をたしなむ女はめずらしくないが、大鼓は聞いたことがない。そう言うと、千代菊は少し得意そうな顔をした。

「大鼓は女が打つものではないって言われたんです。それを聞いた喜久佳姐さんは、それならあたしがやってみようじゃないかって。喜久佳姐さんはもう七十になる人なんですけど、若いころから男勝り（おとこまさり）の鉄火肌（てっかはだ）で有名で。だめだって言われると、余計にやってみたくなる質（たち）なんです。それで、ふつうに打っても面白くないから、小鼓といっしょに一人二役で打ち分けてみせることを思いついたんです」

「では、千代菊さんはその喜久佳さんから習ったんですね」

「喜久佳姐さんは昔から私のことをかわいがってくださって。あたしの跡を継ぐのは、あんただよって。検番芸者は芸を売る身です。とくに吉原の芸者は技を磨きます」

誇らしげな様子になった。

「遊女はお客さまの隣で大きな座布団を敷いて座ります。たとえ一夜でも、お客さまのお内儀（ないぎ）になるからです。でも、あたしたち検番芸者はお座布団は敷きません。畳に直接座ります。お客さまを楽しませ、お客さまと遊女の仲を取り持つのが私たちの役目です」

「じつは、私の母も昔、深川（ふかがわ）で芸者をしていたんです。三味線（しゃみせん）が得意だと聞きました」

「深川や新橋の芸者さんがお客さまに連れられて吉原にいらしたことがありました。深川の芸者さんは歌も三味線もお上手ですね。そのときは、引手茶屋でいっしょに騒ぎました。引手茶屋ってご存知ですか」

「妓楼とは違うんですか」

千代菊はよく聞いてくれましたという顔になった。

「大門を入ってすぐに並んでいるのが引手茶屋です。一流の妓楼は直接、お客さまを見世にあげることはしません。引手茶屋で酒宴をして、そこから妓楼に案内をします。特別なお客さまのために花魁が迎えに来ることもあるんですよ。それが、花魁道中」

「ああ、そういうことなんですね」

小萩は膝を打つ。

「でもね、引手茶屋で飲んで騒ぐのが好きってお客さまも多いんですよ。引手茶屋ではまず『お座付き』といって三味線、鼓、太鼓、笛などで景気のいい陽気な音曲を奏でます。幇間の人たちも芸を見せます。引手茶屋が好きってお客さまは粋で遊び上手な方が多いから、私たちも楽しいんです」

突然、千代菊はにぎやかな口三味線を始めた。

チャンチャカチャンチャン、チャララチャンチャンチャン。
♪隅田川さえ棹さしゃ届く　なぜに届かぬわが思いー。

三畳が突然、お座敷に変わったような気がして小萩は目を丸くした。

茶と菓子を運んで来た須美も言葉を失っている。

「幇間の人たちの芸も面白いんですよ。一人しかいないのに、二人いるように見せるものがあるんです」

「それは楽しそうですね」

小萩が相槌を打つと、千代菊はにっこり笑って立ち上がった。

「では私がここでお見せしましょう。本職じゃないから、そんなに上手じゃないですけどね。ここに屏風があるつもり。私の体は半分隠れています。幇間が旦那のいる部屋にやって来たところです」

千代菊は突然べらんめぇ口調になった。

――え、旦那が鍼を打ちたい。ご自分で本を読んで覚えたから、あたしを練習台にしていって？　初めてじゃないですよね。なに、猫には打ったことがある？　いや、えっと……急に用事を思い出しましてね。

逃げ出そうとするが、袖をつかまれて前のめりになるふり。

——え、帰さないって。そんなこと言われてもねぇ。あ、だんな。え、そんなに引っ張っちゃだめですよ。

今度は襟を引っ張られて引き戻される仕草をした。

千代菊は楽しそうに生き生きと体を動かし、旦那に無理難題を押し付けられて困っている幇間を演じた。

「まぁ、面白い。すごい、すごい。これが本当の芸者さんの芸なのね」

須美は手をたたき、涙を流さんばかりに喜んでいる。

さすが吉原の流行っ妓芸者である。おしゃべりも上手だが、芸も達者だ。こんな芸者が来たらお座敷は盛り上がるに違いない。

「お粗末さまでした。でも、あたしのはただの物まね。本物の幇間さんの芸はもっともっと面白いです。……そうだ。もうひとつ得意技があるんです。しゃっちょこだち」

「シャッチョコダチ？」

小萩は聞き返した。

「逆立ちのことですよ。お座敷では島田に結って長く裾をひいているのだけれど、その裾をこう、きゅっと両足にはさんで……」

「いえ、しゃっちょこ立ちはまた、今度に」

すぐにも逆立ちを始めそうだったので、小萩はあわてて押しとどめた。

「そうですかぁ」

千代菊は残念そうな様子になった。

「それで、お菓子はどういたしましょうか。数はお決まりですか」

小萩がたずねた。

「自前芸者のお披露目はお付き合いのある引手茶屋、妓楼など一軒一軒ご挨拶にうかがいます。箱屋さんに名入りの手ぬぐいといっしょに配ってもらうつもりなので、数は五十箱。桐箱に入れてご挨拶と書いた掛け紙をつけてください」

千代菊がこともなげに言ったので、小萩は目を丸くした。

「吉原はなにごとも派手にするのが流儀だから。お菓子も大きくて色も華やかなものがいいわ」

小萩の頭にあったのは紅白饅頭か、日持ちのする干菓子だったが、いっそ年賀に使う絵柄の入った変わり羊羹や生菓子のほうがいいのかもしれない。

そう言うと、千代菊はうなずいた。

「ありきたりでない、さすが千代菊って言われるものにしたいんです。……そうだわ、今度、お二人で竜泉の稽古場に来てくださいよ。あたしが二挺鼓を打ちますから。それを見て、ぴったりのお菓子を考えてください」

「はい、ぜひ」

須美が先に答えた。

ちょうどその時、箱屋という着替えや三味線を入れる箱を担いだ男衆が迎えに来て、千代菊はお座敷に向かうため帰って行った。

仕事場に行くと、徹次に聞かれた。

「なんだか、楽しそうだったなぁ。どんなお客さんだったんだ?」

「吉原の芸者さんです。今度、二挺鼓という技のお披露目をするので、そのときのお菓子を誂えたいということです」

「吉原の芸者さんだって?」

留助が興味津々という顔で振り返った。

「そうなんですよ。年は私よりも少し若いくらいだけれど、芸達者で話をしていると楽しくて時間を忘れてしまうの」

「それが、芸者の仕事だものな」

　幹太が分かった顔で言う。

　千代菊は頭もいいし、勘もいい。それ以上に日々の稽古を忘れない努力家であるような気がした。

　翌日、さっそく千代菊から二挺鼓の稽古をするから見に来ないかという伝言があった。

　小萩と須美はうらやましそうな顔をする留助をおいて、竜泉に出かけて行った。

「すごいわねぇ。小鼓だけでも大変なのに、大鼓もいっしょだなんて。しかも女の人が打つなんてびっくり。大鼓はお能のときしか、聞いたことがないわ」

　須美は目を輝かせた。

「二つを同時に打つのは難しいんでしょうね」

　小萩が言った。

「もちろんよ。だって小鼓はあの紐を引いて調べを調節するのよ。思った音が出るようになるまで大変なの。大鼓は革が厚いから、いい音が出るまでが難しい。それを両方いっしょにやるんでしょ。まだ若いのにすごいわねぇ」

　そんなことを話しているうちに、見返り柳が見えて来た。垂れ下がった細い枝の若葉が萌えて淡い緑に見えた。吉原で遊んだ客が、後ろ髪を引かれる思いで振り返ったということから名づけられたという。ここまで来れば竜泉ももうすぐだ。

日が高い時刻なので吉原の大門の前では、若い衆が暇そうに煙管をふかしたり、将棋を指したりしていた。大門と名前は立派だが板葺き屋根の冠木門で、ここが吉原唯一の出入り口である。

「小萩さんは大門の中に入ったことはあるの？」

須美がたずねた。

「江戸に来てすぐ、牡丹堂のみんなと桜見物に来ました。すごい人でした」

ふだん素人の女が出入りできない吉原だが、春の花見などには見物することができる。

「特別に花見のためだけに中央の通りに桜を植えるのよねぇ。贅沢なことだわ」

背の高い、春日灯籠のような灯籠が満開の桜を華やかに照らしていた。外の世界は暗い夜なのに吉原の中には光が溢れている。それで吉原が特別な場所だということがよく分かった。

「じゃあ、花魁道中も見た？　きれいだったでしょ」

「もちろんですよ。花見の呼び物ですもの」

押すな押すなの人ごみの中、待っていると、禿や遊女たちを引き連れた花魁がやって来た。

花魁は大きく結った髪に、これでもかというほどたくさんの簪（かんざし）を挿していた。縫い取りをほどこした豪華な打掛（うちかけ）に三枚歯の下駄で内八文字を踏みながら、ゆっくりと歩いて来る。

遊女たちはだれも若く美しかった。中でも花魁は別格だった。

小さな顔に指でつまんだような小さな鼻、細筆ですっと描いたような目をしていた。白い花が咲いたような気がしたのは化粧のせいだけではないだろう。

小萩は前の人の肩越しに背伸びをして花魁を眺めた。幼さの残る小さな足の指先にも白粉（おしろい）が塗られていることが心に残った。

須美と二人、花魁の髪型や衣装のことを話しながら吉原を囲むおはぐろどぶに沿って歩くと、竜泉に出た。千代菊から聞いていたお稽古場は古い二階建ての仕舞屋（しもたや）だった。前まで行くと、三味線の陽気な音や唄に混じって鼓の音が響いてきた。

ポン、ポ、ポンと軽く響くのが小鼓でカンカンと高い音は大鼓だろうか。

案内を乞うと小女（こおんな）が出て来て二階に案内をされた。

板敷の稽古場に三味線を持つ芸者と並んで、千代菊がいた。立膝をした左足に大鼓をのせ、右の肩に小鼓をのせている。その向かいに、白髪の女が厳しい目をして座っていた。二挺鼓の師匠の喜久佳らしい。

三味線を弾く女が艶のある声で歌い出した。二十歳過ぎの涼しい目元をした人で、ちょっとした仕草に色気がある。

その手で深みへ浜千鳥　通ひ馴れたる土手八丁
口八丁に乗せられて　沖の鷗の二挺立　三挺立

掛詞のたくさんある明るい楽しい唄である。

素見ぞめきは椋鳥の　群れつつ啄木鳥　格子先
叩く水鶏の口まめ鳥に

「浜千鳥」とは吉原の客の男たちで、川の深みにはまるように遊女の甘い言葉に溺れるということか。

「二挺立　三挺立」というのは吉原に向かう猪牙舟のことで、ふつうは艪が「二挺」だが、急ぎの場合は「三挺」の艪で進む。

「素見ぞめきは」というのも冷やかし客のこと。「椋鳥」は田舎者のことで「格子先」にいるのは遊女だ。

この日の千代菊は粋なつぶし島田に、稽古着だろうかくすんだ青色の地味な着物である。膝には大鼓、肩には小鼓。「ハア、ヨイショ」という合いの手を入れながら、造作(ぞうさ)もないという表情でポンポン、ポポン、ポンと二つの鼓を打ち分ける。

稽古場の端に座って眺めている小萩も楽しい気持ちになってきた。

稽古が終わって千代菊がやって来た。

「とても楽しいものを見せていただきました。ありがとうございます」

小萩と須美が礼を言うと、千代菊も頭を少し傾げた芸者の挨拶をした。

「こちらこそ、ご足労いただいて申し訳ありません。先ほどの唄は『吉原雀(よしわらすずめ)』というもので、お座敷ではよく唄われるんですよ。それで、お菓子のことを聞かせてください」

薄化粧で紅(べに)を塗った千代菊は前回とは言葉遣いも変わって、大人びた様子をしていた。

「たとえば中央に白の万寿菊(まんじゆぎく)をおいた紅羊羹。もうひとつは、ういろうでつくる生菓子はいかがですか」

「ういろうの生菓子？　ういろうは棹(さお)ものじゃないの？」

千代菊は首を傾げた。

ういろうは砂糖を溶かし、上新粉などを混ぜて蒸したものだ。小田原や尾張の棹菓子が有名だが、上生菓子の素材にもよく使われる。

「ういろうは淡い色がきれいに出るので、生菓子にもよく使われるんですよ。煉り切りよりも形がくずれにくい点もよいかと思いました」

「まぁ、それはすてきね。もう少し、詳しいことを教えていただけますか」

「もちろんです。お見本をお届けします。予算もおありでしょうから」

「大丈夫。お金の方はご心配なく」

ぽんと胸を打った。

「こう見えてなかなかの流行っ妓なんですよ。自前芸者になるならと応援してくださるお客さまもいらっしゃいます。よく言われるんですよ、芸者になるために生まれてきたような娘だって。あたしは芸者という仕事が大好きなんです。お座敷に出てお客さまの顔を見ると、疲れなんかふっとんじゃいます。楽しくてしょうがないんです」

笑みを浮かべた。

小女がお茶を運んで来た。

開け放した窓の先に吉原の引手茶屋や妓楼の建物が見えた。

「ここからだと吉原の様子がよく見えますね」

須美が言った。

「夜も空が明るいから初めて来た人は驚きます。三味線や笑い声やいろいろなざわめきが聞こえます。まだほんの子供で、お師匠さんに三味線や踊りの稽古をつけてもらっている時分は、早く大人になって吉原に行きたいと思っていました」

「この近くの生まれですか」

小萩がたずねた。

「いいえ。あたしの実家は上野池之端なんですよ。代々の医者の家だったんですけれど、五歳ぐらいだったかしら、隣に踊りのお師匠さんが越して来た。塀の隙間からお隣が見えるのよ。お弟子さんが来てお稽古するでしょ。それが面白くてね、三味線の音がすると走っていってのぞくの。手ぬぐいを持って踊っていると、すぐそれを真似たの。女の人が来て扇を持って踊ると、また、それを真似するの。子供だから、ふりなんか、すぐ覚えてしまうんですよ」

千代菊は微笑んだ。

「祖父がそんなに好きならって先生のところに通わせてくれた。池之端だから、家には芸者さん、待合のおかみさん、お茶屋の女中さん、箱屋さんの患者さんも多かった。芸者さんはすぐ分かるの。きれいでいい匂いがしたから。それで憧れたんです」

「でも、そんな堅いお家で、芸者さんになりたいと言ったら大変だったでしょ」

須美がたずねた。

「そうなんですよ。おとっつぁんは驚いてすごく怒ったけれど、踊りのお師匠さんがあたしの味方になってくれた。吉原の検番芸者は芸を売るもので、お客さまと付き合うのはご法度。しかも、お客さまは一流の方ばかり。一、二年、行儀見習いのつもりで出したらいいって。で、十五のときに半玉になった。本当にうれしかった。私がいると座が明るくなるってお姐さんたちにかわいがられたし」

半玉は見習い芸者だ。だから、芸を見せることはしない。

「でも、私は一人前の芸者になると決めていたから、踊りも三味線も人一倍稽古をして十六で芸者になった。私たちの言葉で一本になったっていうんです。そのころにはおとっつぁんも諦めたというか……、認めてくれました」

遊女は帯を胸の前で結ぶが、芸者は背中で結ぶ。遊女はつまを右手で持つが、芸者は左手で持つ。遊女を引き立たせるため、衣装も地味に抑えていた。

「喜久佳姐さんが若い芸者に二挺鼓の稽古をつけてくれるんです。私といっしょに習いはじめた人たちもいたけれど、みんな途中でやめてしまった。私だけが残って二挺鼓を身につけ、今回、喜久佳姐さんからお座敷でも披露していいってお許しをいただいた。ずっと置屋においてもらって、おかあさんに後ろ盾になってもらっていたけれど、これを機に思い切って自前芸者になることに決めたんです。あんたなら大丈夫だからって、おかあさんや喜久佳姐さんも背中を押してくれたし。……だってね、自前芸者になったらなんでも自分で決めなくちゃならないんですよ。お金目当ての紐みたいな男の人も寄って来るし、後先考えずにお金を使って借金をつくってしまった人もいたんですよ」

千代菊は明るい顔でしゃべった。

「ご家族も置屋のおかあさんも、みんないい方だったんですね。千代菊さんとお話ししていると、こちらも気持ちが晴々とします」

小萩は母のお時のことを思い出しながら言った。

お時も近所の三味線の師匠の奏でる音色(ねいろ)に惹(ひ)かれて三味線を習い始めた。深川の師匠の家に住み込み、その後一本となった。売れっ妓となったが、父や弟がお時の金をあてにするようになり、母は大船(おおふな)に逃げ、三味線も捨てた。人に頼まれて三味線を再び弾くようになり、そこで父と出会う。けれど、鎌倉のはずれの村には芸者という仕事を快く思わない人もいた。それできっぱりと三味線と縁を切った。

「小萩さんのおかあさんは深川の芸者さんで三味線がお得意だったんですよね」

千代菊が言った。

「ええ。子供の頃、近所に三味線のお師匠さんがいて、そこから流れて来る音色を聞いて節をみんな覚えてしまったそうです。そんなに好きならとお稽古に通って……」

「まぁ、あたしといっしょ。じゃあ、今も時々は三味線を弾くんですか？」

「いいえ。もうすっかりやめてしまいました」

「もったいないわぁ。でもね、ひとつのことを突き詰めてきた人はやっぱり、どこか違うんですよ。心棒があるっていうか、覚悟が違うっていうか。お稽古を重ねてきたことが自分の自信になっている。なにがあっても大丈夫、自分は負けないんだっていう強さがあるような気がするんです」

「そうですね。母も強い人ですよ」

小萩は答えた。

牡丹堂に戻って井戸端で洗い物をしていると、留助と伊佐がやって来た。

「稽古場で二挺鼓を聞かせてもらったんだろ。どんなだった」

留助がたずねた。

「吉原雀っていう唄を聞いたの。明るい唄で楽しい気分になったわ。千代菊さんは三味線や唄に合わせて小鼓と大鼓を打ち分けるのよ。難しいことをしているのだと思うけど、箇単そうに涼しい顔でやっているの。びっくりしたわ」

「そりゃあ、すごい腕だな」

伊佐が感心する。

「自前芸者はよっぽどの流行っ妓でないと、なれないらしいよ。聞いたんだけど、吉原ってところはなんでも派手だからご祝儀もすごいんだってさ」

相変わらず留助はどこで聞いてきたのか知識を披露する。

「なんだ、みんな集まって」

幹太もやって来た。留助はますます得意な顔になった。

「流行っ妓は一晩にいくつもお座敷をこなすんだ。中には、少しだけでいいから顔を出してほしいなんて熱心なお客がいるんだよ。そういうときは『中もらい』でちょいと抜ける。揚代は倍になるし、ご祝儀もたんまりもらえる」

留助はまるで自分がもらったようにうれしそうな顔をした。

お滝というしっかり者の女房がいて芸者遊びなどするはずもない留助だが、この手の話題は妙に詳しい。

「へぇ、そんなことができるんだ」

伊佐が素直に驚く。

「昔、おかあちゃんが深川で芸者をしていたころ、野菜の行商でひと月働いても手にできない金を一晩で稼いだって言ってた。もちろん、着物とかいろいろ掛かりはあるんだけれど」

「いい商売だよなぁ。俺も女に生まれたら芸者になりたかった」

留助が軽口をたたく。

「そうかぁ。そりゃあ、いい話ばっかり聞いているからじゃねぇのか。楽して金の入る仕事なんてあるわけがないよ。俺たちには言わない苦労があるんだと思うよ」

伊佐がぽつりと言った。

小萩は伊佐の母親が酒場で働いていたことを思い出した。一度、苦界に身を沈めた女たちは浮き上がることが難しい。入り組んだ細い路地の奥の古い見世では、女たちが春をひさいでいた。

「……そうだな。それは、あるだろうな。とくに吉原だもんな。あの勝代が育った場所だ」

幹太が遠くを見る目になる。

「そうね。春霞さんが育った場所でもある」

小萩もうなずいた。

「まぁ、あの二人はうまくいったほうだな」

留助がつぶやく。

勝代は妓楼の主となり、菓子屋やその他の見世も手に入れた。春霞は天下一ともいわれる札差に引かれ、根岸の里で何不自由のない暮らしをしている。だが、望むものを手に入れられなかった者もいるだろう。

——飛び立つやうに思うても、蔵の戸前はあかず。ほんの籠のとりかや、うらめしや。

以前、見た人形浄瑠璃の台詞だ。

ふいに目の前に夜桜の怪しい美しさとともに、花魁の白く塗った足の指が浮かんだ。どれだけ美しい言葉を重ねても、吉原は遊女を売り買いする場だ。花魁を頂点にさまざまな人が関わり、仕事が生まれている。

まばゆい光は暗い影をつくる。千代菊の明るさは本物なのだろうか。

小萩の心に小さな疑念が生まれた。

二

三年前の冬に死んだ伊佐の母親は、世話になっていた医王寺の墓所の隅に埋葬されている。尖った石をおいただけの、戒名はもちろん名前も彫っていない小さな墓だ。

かあちゃんはかあちゃんだから、それでいいんだと伊佐は言う。伊佐が五歳の時、父親の形見は何も残っていなかったので、名前を書いた板をいっしょに埋めてある。

母親の月命日に伊佐と小萩は花を供える。

伊佐は七つのとき、母親に去られてひとりで長屋の部屋に残された。飲まず食わずで倒れているところを近所の人が見つけて、大家が昔からよく知っていた二十一屋に連れて来た。弥兵衛とお福、徹次とお葉と幹太のいるにぎやかな家で暮らすこととなった。幹太に伊佐兄と呼ばれ、家族のように迎えられたが、伊佐は母親が戻ってくるのを待っていた。

その母親が突然、現れたのは伊佐が十八のときだ。くずれた様子の酒場の女となって、伊佐に自分の借金を肩代わりさせようとした。お福や徹次が動いて事なきを得たのだが。病で倒れた母親を伊佐は誰にも相談せず医王寺に預け、大事にしていた菓子の本を質入れして金を工面しながら看病した。

のちに母親は幼い伊佐を捨てたのではなく、友達を助けようとして帰れなくなったのだということが分かり、目黒で葉茶屋を営む実家とも和解することができた。

立派な山門を抜けて境内に入り、枝を広げた桜や紅葉の脇を抜け、古びたお堂に鎮座する薬師如来に挨拶をして裏手に進む。薬草を育てる畑とかつて伊佐の母親が最期のときを過ごした小屋を経た先に墓所がある。

小さな墓の前に立つと竹を鳴らす風の音が大きくなった。

伊佐はすみれの花を供えると、手を合わせ、なにごとか一心に祈っている。

小萩は合わせていた手を離してあたりを見回した。同じような小さな墓が並んでいた。きっとここは、あの小屋で亡くなった人たちのための墓所なのだろう。

たずねていった目黒の実家は大きな家だった。親の反対を押し切って伊佐の父親と駆け落ちしたと聞いた。気性のしっかりとした女だと聞いたが、苦労の多い一生でもあった。

小萩には、伊佐を困らせるばかりのように見えた母親だったが、伊佐にはかけがえのない人だった。最期を看取ることができて伊佐は喜んでいるに違いない。

小萩の背中に伊佐が声をかけた。

「風が冷たくなったな。寒くないか」

「大丈夫よ。伊佐さんは」

「ああ、俺は平気だ」

伊佐のやさしさや情の深さや、ときに見せる頑固さは母親譲りなのだろう。そう思うと、小萩は伊佐の母親に感謝したい気持ちになる。

夕方、須美に代わって小萩が見世に立っていると、色あせた縞の着物を着た若い娘が入って来た。頬を染め、見世の中を見回しもじもじしていたが、思い切った様子で口を開いた。

「あ、あの……饅頭を買いたいんですが」

「甘酒饅頭と黒糖饅頭がありますが、どちらがよいですか」

「じゃあ、両方。……あの、ここで食べてもいいですか。朝飼を食べたきりなんで」

見世の隅に座ってもらった。よほど腹が空いていたのだろう。小萩がお茶を運んできたときには、すでに甘酒饅頭を食べ終わり、黒糖饅頭を頬張っていた。

温かいお茶を飲んで、娘はやっと人心地ついたように息をした。

田舎から出て来たのだろうか。顔は日に焼けて、力のありそうな手足で、丸顔に丸い鼻、奥二重（おくぶたえ）の細い目をしていた。

しかし、通りには見世も屋台もたくさんある。どこかで食べればよかったのに。

「江戸は毎日が祭りみたいなところだって聞いたけど、ほんとだねぇ。人がいっぱいで見世もたくさんある。だけど、早口で何を言っているのか分からねぇ。怖くて一人で見世に入れねぇんだ。屋台はもっと勝手がわからねぇ。ぐるぐる歩き回っているうちに、本当に腹が減って倒れそうになった」

あまりに素直な様子に小萩も思わず笑ってしまった。

「そうですよね。私もはじめてこちらに来た時はびっくりしました。江戸ははじめてですか」

「角兵衛獅子をやっていて、子供のとき人に連れられてきたけれど、あんときはどこをどう歩いていたのか全然分からなかったから、はじめてみたいなもんだ」

角兵衛獅子は獅子頭と鶏の尾をつけた子供が、笛や太鼓に合わせて逆立ちなどの芸を見せる越後発祥の大道芸だ。

「じゃあ、お客さんは越後の方なんですね」

「うん、そうだ。ちょいと教えてほしいんだけど、こっから竜泉にはどう行ったらいいんだ？」

「吉原の脇の竜泉ですか。かなりありますよ。お客さんは越後からここまで一人でいらしたんですか？」

「いんや。江戸に来るっていう人がいたんで連れてきてもらったんだ。その人と日本橋で別れた。これから先は、自分で行きなって言われて。竜泉にはねぇちゃんがいるんだ。料理屋で仲居をしている」

「おねぇさんをたずねて、はるばる越後から」

「うん。おっかあが病気なんだよ。もう、あんまり長くないみたいだから、ねぇちゃんの顔を一度見せてやりたいんだ。もう、ずっと会ってねぇから。だけど、何度手紙を出しても返事がない。それで、あたしが迎えに来たんだ」

「料理屋さんの名前は分かるんですか」

「分かるよ。百川(ももかわ)だ。有名な見世らしい」

「それなら、きっとすぐ分かりますね。距離はありますけれど、分かりやすい道ですよ」

簡単な地図を描いて渡すと、娘は礼を言って出て行った。

翌日、小萩は千代菊の注文の菓子をつくった。藤色と白の二色のういろうを長方形に切って重ね、小豆あんをくるりと巻いた。淡い藤色のういろうに、うっすらと白が透ける品のいい姿である。徹次たちもよいと言ってくれたので、それを見本にした。

棹ものの紅羊羹は一切れだけ見本をつくるわけにいかないので、絵に描いた。艶やかな紅色の地に、白小豆の丸い菊をおく。菊の花びらを重ねて優雅な姿に描く技は伊佐が得意だ。

それを持って小萩は千代菊が身をおいている、竜泉の置屋に向かった。

芸者置屋というのはどのような所かと思ったが、板塀で囲まれたよくある仕舞屋である。案内を乞うと、髪をお団子に結った十三、四歳の少女が迎えた。

「千代菊さんのお客さんですね。お待ちしていました」

かわいらしい声で答え、奥の部屋に案内した。

お披露目に着るのだろうか、衣紋掛けには淡い紫の地に菊の縫い取りをした新しい着物がかかっており、三方に高く品物が積まれている。

置屋のおかあさんのところを出て自前芸者になるということは、嫁入りと同じようなものかもしれないと思った。

待っていると、千代菊がやって来た。

襖が開いて、思わず小萩は声をあげた。千代菊が芸者姿だったからだ。

銀杏返しに大ぶりの鼈甲（べっこう）のかんざし、うりざねの小さな顔に白粉を刷（は）いて紅をひき、まぶたにもうっすらと紅をおいている。きれいな二重の形のよい目が、なおいっそう大きく見えた。長く裾をひいた着物は青磁色で、裾に春の草木を描いている。色を抑えた装いが千代菊を大人の女に見せていた。

「お待たせいたしました。このあと、お座敷に向かいますので着つけをしていたんです」

「千代菊さん、本当にきれいです」

小萩はため息をついた。

「いやだわ。小萩さん」

ころころと笑った。すると小萩の知っている、しゃっちょこ立ちの得意な千代菊の顔になった。

「明後日(あさって)がお披露目でしょ。なんだか気ぜわしくて。お世話になったおかあさんのところを出るのも淋しいし」

「お菓子をご覧になりますか」

小萩は見本につくったういろうと紅羊羹の絵を見せた。

「紅羊羹は絵だけで申し訳ありません。でも、ういろうのほうは召し上がれますから」

「あら、うれしいわ」

先ほどの少女を呼んで茶を頼む。自分の分をひとつ皿に移し、残りは「おかあさんに」と手渡した。紅を塗った口で千代菊は上手に菓子を食べ、茶を飲んだ。

「おいしいわ。お化粧をしたら飲んだり、食べたりしてはいけないのだけれど……。紅は後で直せばいいものね。思っていた以上のすてきなお菓子です。こちらでお願いします」

千代菊は軽く頭を下げた。

「あの……、芸者さんはお座敷が終わるまで何も食べられないんですか」

「もちろん。お芝居では『お流れを頂戴します』なんてお酒を注いでもらっている芸者さんがいるけれど、私たちはしないの。その代わり、お座敷が終わってから料理屋さんに連れていってくださるお馴染みのお客さまもいらっしゃるの」

「そうなんですか」

千代菊の話は知らないことばかりである。

「ねぇ、小萩さんはご亭主があるんでしょ。お相手はどんな方？」

興味津々という顔で千代菊がたずねた。

小萩は同じ見世で働いている職人といっしょになったこと、長屋で暮らしていることなどを話した。

「それじゃあ、一日中、いっしょにいるんでしょ。いいわねぇ」

「いえ、そんなことは……」

小萩は照れた。

「千代菊さんもどなたかいらっしゃるんですか」

「だめよ、芸者にそんなことを聞いちゃ。ご亭主をお持ちの方もいらっしゃるけど、あたしは一人。これからも、ずっと。十三の年にそう決めたから」

千代菊は強い目をしていた。その目がうるんできらきらと光った。

「二挺鼓を仕込んでくれた喜久佳姐さんに言われたの。一流の芸者におなり。そうすれば、昔の嫌なこと、辛いことはみんななかったことにできるからって」

どういう意味だろう。

千代菊はふと我に返り、あわてて言った。

「あら、あたし、そろそろ行かなくちゃ」

そのとき、玄関のほうが騒がしくなった。

「ここは百川だね。ここにたゑって女がいるだろ。あたいは米だ。妹だ。越後から来たんだ。たゑに会わせてほしい」

「待ってください。勝手にあがらないでください。ちょっと。おかあさん」

少女の叫び声が聞こえた。

低い足音がして、いきなり襖が開いた。

色あせた縞の着物を着た若い娘が立っていた。

その顔に見覚えがあった。

見世に来た娘だ。

「ねぇちゃん？　ねぇちゃんだよね」

「米、あんた、どうしてここに」

二人は同時に言った。

白粉を刷いて裾をひいた芸者姿の千代菊。額に汗を浮かべ粗末な着物の米。

小萩は米と千代菊を交互に眺めた。

「その声はやっぱり、ねぇちゃんだ。あんまり変わったから、違う人かと思ったよ。料理屋で仲居をしてるって言っていたけど、芸者になっていたんだね」

「うん……、これにはいろいろあってさ」

「ねぇ、文を読んでくれただろ。おっかあが病気なんだよ。もう、先がないんだ。何度も文をやっても返事がないから、あたしが迎えに来たんだよ。一度、おっかあに顔を見せてやってくれよ」

千代菊は困った様子でうつむいた。

「だから、今は無理なんだよ。明後日(あさって)にはあたしのお披露目があるんだ。自前芸者になるのと、二挺鼓のお許しをいただいたのと両方の。大事な日なんだよ」

「じゃあ……、それが終わってからでいいよ」

「その後は、毎日、お座敷がかかっているんだ。お馴染みのお客さまにご挨拶をしなくちゃならない。ずっと先まで体があかないんだ」

その言葉に、米はいらだち、自分の膝を強く打った。

「帰れないっていうのかい？　じゃあ、ねぇちゃんはおっかあに会いたくないのか」

「そうじゃないよ」

小萩はなんだか分からなくなってきた。千代菊は池之端の医者の娘だと言っていたではないか。

「私はここで失礼をいたします」

小萩が部屋を出ようとすると、その背中に千代菊が叫んだ。

「待って。菓子はつくってください。あたしはお披露目をするんです。しなくちゃならないんです。あたしは、もう昔のたゑじゃない。吉原の千代菊なんだよ。池之端の医者の娘で、踊りが好きで芸者になった千代菊なんだ」

「なにが池之端だ。医者の娘だよ。ねぇちゃんはあたしと同じ、越後の百姓の出じゃないか。冬は寒くて、朝起きると布団に霜が降りているんだ。あかぎれつくって薄いおかゆを食べていたんだ。いつもお腹を空かせて、親方にぶたれながら逆立ちの稽古をしたんだ」

米は千代菊の肩をつかんで体を揺すった。

「覚えているだろ。あのとき、おっかあがねぇちゃんを裏山に逃がさなかったら、今のねぇちゃんはいないんだよ」

千代菊は顔をそむけた。

「おっかあは病気なんだ。医者はひと月も持たないだろうって言っている。最後にねぇちゃんの顔を一目見せたいんだ」

ついに米は子供のように声をあげて泣き出し、その背中を千代菊はなだめるようにやさしくなでた。

「ごめんね。米にばっかり苦労をかけているね。あんたの気持ちもわかるんだよ。あたしだって、できることなら国に帰っておっかあの顔を見たいよ。だってさ、おっかあなんだもん。でもね……、それはできないんだよ。だって明後日はあたしのお披露目なんだよ。百川のおかあさんもお姐さんたちも、ほかの人たちもあたしのために骨を折ってくれた。恩があるんだ。あたしのこれからがかかっているんだ。……金なら送るから……」

米はきっとなって体を離し、叫んだ。

「ねぇちゃんは金さえ送ればそれですむと思っているんだろ。そりゃあ、ありがたかったよ。薬も買えたよ。だけど、金で買えないもんもあるんだよ。おっかあはうわ言でねぇちゃんの名前を呼んでいるんだよ」

「だからさ……」

「いいよ、もう。ねぇちゃんは江戸に来て変わっちまったね。もう、田舎のことなんか思い出したくないんだろ。きれいな着物でおいしいものを食べたかわりに、やさしい心を無くしちまったんだ」

ふっと千代菊の顔つきが変わった。

「何度言ったらわかるんだよ。無理なものは無理なんだ」

のどの奥から絞り出すような声をあげて米がつかみかかり、千代菊ともみあった。二人いっしょに畳に倒れ、蹴飛ばされた茶碗が畳に転がった。

「やめてください。二人とも落ち着いて」

小萩は叫んだ。

足音とともにおかあさんが現れて、一喝した。

「あんた、うちの千代菊になにをするんだ。出て行ってくれ」

米は号泣し、千代菊は髪を乱し、呆然として座っていた。

牡丹堂に戻ると、小萩は徹次に相談をした。

「千代菊さんには菓子を頼むと言われましたが、どうしましょうか」

「こっちは言われた通りに準備をするだけだ。千代菊さんの言う通りだ。おかみさんやご贔屓(ひいき)たちへの義理もあるんだから、いまさら取りやめにはできないよ」

徹次は気の毒そうな顔をした。

二人のやり取りを留助や幹太や伊佐は黙って聞いている。沈痛な思いが仕事場を覆（おお）った。

小萩がやりきれない気持ちを抱えて台所に行くと、須美が夕餉の支度をしていた。千代菊と米が姉妹だったことなどを話した。

「私、千代菊さんが池之端の生まれだって話を信じていたから、とても驚いちゃった。……なんだか少し裏切られたような気持ちにもなったし……」

須美は考え深げに答えた。

「そうねぇ。でも、向こうは玄人（くろうと）さんだもの。時にはつくり話もするわ。お化粧と同じよ。……それに、越後には辛い思い出があるのかもしれないわね。だから、別の人生があることにした。……ほかの人たちが音（ね）をあげてしまった二挺鼓の稽古を、千代菊さんが続けられたのは、もう、ここしか生きていく場はない、芸で身を立てるんだって強い気持ちがあったからじゃないのかしら」

小萩は千代菊の明るい表情や楽しいおしゃべりを思い出していた。

米が現れるまで、小萩はそれが千代菊の「素」だと思っていた。病気の母親が故郷にいることなど、想像もしていなかった。

「おかあさんの死に目に会えなかったら、千代菊さんは後悔しますね」

「そうね、会いたい気持ちはあるでしょうね。でも……、仕方ないこともあるから」

芋の皮をむく手を休めずに言った。

小萩は須美が婚家を出され、息子と会わないでいることを思い出した。申し訳ないことを聞いてしまったと思った。

翌朝、早く、千代菊が牡丹堂に来た。朝餉が終わって見世を開ける支度をしていたときだ。小萩は急いで奥の座敷に案内をした。稽古前だという千代菊はつぶし島田にくすんだ青の着物を着ていた。

「昨日はお見苦しいところをお見せしました。残りの半金もお持ちしました。だから、お菓子は話の通り、お願いします」

「もちろんです。そのつもりでおりました」

小萩が答えると、千代菊はほっとした表情になった。

「驚いたでしょう。米はあたしの妹です。あたしは池之端の医者の娘なんかじゃなくて、越後の百姓の生まれなの。池之端の医者の娘だってことになって言ったのは、百川のおかあさん。吉原はお客に夢を見させる場所。お客は楽しむためにやって来る。田舎娘の苦労話なんか聞きたくない。だから、あたしは芸達者でおしゃべり好き、世間知らずのしろうとさんみたいな娘だってことで売り出した。自分でも、それが本当のように思えてきたのに。……嘘をついていたわけじゃないのよ。ごめんなさいね」

ぺこりと頭を下げた。

須美がお茶と大福を持って来た。

「朝餉は召し上がりましたか？　まだでしたら、汁とご飯だけですけど」

それを聞いて千代菊の頬が染まった。

「お願いしてもいいですか？　昨夜はお座敷が長くなったから食べそこなって、そのまま寝てしまったんです」

須美はすぐに膳を用意した。山盛りの白飯にわかめの味噌汁、漬物の朝餉だ。

席をはずした小萩が戻って来ると、千代菊はきれいに食べきり、ほっとした顔つきになっていた。

「ありがとうございます。あたしの一番のごちそうは銀シャリなんです。……在所は雪がたくさん積もるから、冬の間は畑仕事ができない。それで、子供たちが逆立ちだの、とんぼ返りを覚えて角兵衛獅子をやって稼ぐんです。村にはその世話役がいてね、あたしたちを連れて江戸に行く。あちこちで門付(かどづ)けをして金をもらうんです。しゃっちょこ立ちは角兵衛獅子のころに覚えたの」

千代菊はぽつりぽつりとしゃべりだした。

「訛りがあるでしょ、恥ずかしがってみんな黙っているけれど、あたしは根っからのおしゃべりだから、門付けをした先の旦那さんやおかみさんにかわいがられた。門付けで吉原に来た時、百川のおかあさんに会ったの。そのとき、芸者になる気があるんだったらうちにおいでって、こっそり所と名前を書いた紙を渡してくれた。あたしは、それを帯の間に隠して大事に持っていた」

「それで江戸に出て来たんですか」

「そんな簡単にはいかないわ。在所じゃ、十二、三になると娘は奉公に出る。売られる子もたくさんいた。大人たちからは女中になるんだって言われたけど、みんな知っていた。だって、本当の奉公に出るときとは様子が全然違うんだもの。おっとうが大酒飲みだったから、あたしも売られるはずだったけど、おっかあはなんとか、かんとか言って先延ばししてくれたの。でも、十三になったら背も伸びて、娘らしくなってきたのよね」

遠くを見る目になった。

「何日か、おっとうの機嫌がよかった時があったの。どこからか酒をもらって、それを飲んで寝ていた。まだ、夜も明けない暗い時刻におっかあに起こされた。『早く支度して。逃げるんだよ』って。それで走って家を出て、そのまま一人で江戸に出て来た」

十三の少女が越後から江戸まで一人で来られるものだろうか。だが、小萩はたずねなかった。

――あたしは一人。これからも、ずっと。十三の年にそう決めたから。

千代菊の言葉を思い出したからだ。

思い出したくないことが、たくさんあるのかもしれない。千代菊の話は嘘と真が幾重にも重なっていて、どこまでが本当でどこからがつくり話か分からない。もしかしたら、それは泥水のたまった淵のようなものかもしれない。けれど、さらにその一番底に手を伸ばすと、冷たい透き通った水が流れている気がした。

だって、千代菊はこんなに澄んだ目をしているのだもの。

「よかったですね。百川のおかあさんに会えて」

小萩は明るい声を出した。

「そうなんですよ。あたしは運がよかった。おかあさんはいい人で、あたしを遠い親戚の子だってことにして置いてくれた。あたしは家の仕事や姐さんたちの手伝いをしながら三味線や踊りを習った。半玉から一本になって三年。前借を返して自前芸者になったんです。だから、これからなの。芸を磨いて、お客さんにかわいがられて。……ここでつまずいたら、本当に今までなんのために苦労したのか、分からない」

千代菊は泣き笑いのような顔になった。

「……米さんはお国に帰ったんですか」

「それがね、諦め悪くてまだ三ノ輪にいるの。あたしが家を出てから、あの子が酒癖の悪いおっとうをなだめ、足の悪いおっかあを助けて畑を耕してきた。辛抱強くて親思いで心のやさしい子なのよ。あの子には苦労をかけたの。米の気持ちもわかるのよ。だけどね……」

板子一枚下は地獄。三味線抱えた吉原からす。
浮けば極楽、沈めば地獄。
見返り柳を背にして歩みゃ、渡っちゃいけない泪橋、修羅に続く投げ込み寺よ。

千代菊は唄うようにつぶやいた。

泪橋は小塚原の刑場に送られる罪人の姿を、駆けつけた家族がひっそりと涙しながら見送ったといわれる橋。そしてその先には遊女の投げ込み寺の浄閑寺。

「だれがつくったか知らないけれど、吉原雀の最後にある歌詞なの。米はあたしを連れ帰るって言うけど、帰ってどうするのよ。今さら畑仕事なんかできないし、畑を耕しても食べていけないのにさ」

小萩は返す言葉が見つからなかった。

沈黙が流れた。

仕事場からあんを炊く匂いが流れて来て、見世からは須美とお客の会話が響いてきた。

「いいお仕事ですね、お菓子屋さんって。幸せな気持ちになります。……ご馳走さま。朝餉、ありがとうございました。明日、お菓子をよろしくお願いします」

礼を言うと、千代菊はすらりと立ち上がった。


小萩はそれで話は終わったと思った。

千代菊は国には帰らず、お披露目をすることにしたのだと思った。だが、伊佐はそうは思わなかった。

長屋に戻って二人で夕餉の膳に向かっている時、言った。

「千代菊さんだっけ、あの芸者さん。本当に明日、お披露目するのかなぁ」

「どうしてそんなこと聞くの？　だって今朝、わざわざそのために千代菊さんは来たのよ。前金だけじゃなくて、残りの半金も持って」

伊佐は黙っている。

「……来ないと思っているの？」

「いや、そうとは言ってねぇけどさ」

伊佐は茶碗をおいた。自分で小萩の分の白湯（さゆ）もいれると膳においた。

「なんでだか、俺はお袋が突然戻って来た時のことを思い出したんだ。あの日、お袋は突然、俺の前に現れて言ったんだ」

――久しぶりだね、伊佐。会いたかったよ。

「別れて十年以上経つのに、半月ぶりに会ったような言い方だよ。それもさぁ、なんていうかなぁ。派手な着物で、着つけもだらしなくて。見るからに水商売の女だった。俺は正直言って、しまったなぁ、嫌だなぁ、困ったなぁって思った。けど、逃げられないんだよ」

伊佐は手にした茶碗をながめた。

「お袋は俺の顔を見て泣くんだ。お前しか頼れる人はいないんだ。もう、どうにもならない。金の都合がつかなかったら死ぬしかないんだ。その顔を見ていたら、俺は体が震えてきた。とにかく助けてやらなくちゃいけないと思った。今、返事をくれと俺を急がせる一方で、お袋はいろいろと良いことを言うんだ。見世を替えれば支度金だかなんだかが出る。給金もあがる。親子二人で仲良く暮らしていける……。でも、そんなことはいいんだ、どうでも。とにかく、今、俺はお袋を助けたい。それだけなんだ」

伊佐の声が震えていた。

「頭の中では、もう一人の自分が言うんだ。そんな話を聞いちゃいけない。お前のいる場所は二十一屋だ。牡丹堂だ。今まで世話になった恩を忘れたのか。そうなんだ、そうなんだよ。分かっているんだ。だけど、目の前のかあちゃんが泣いているのを見ると、かわいそうで、いてもたってもいられなくなるんだ。もう、俺はどうなってもいいって思えるんだ」

「……それは母子(おやこ)だから？」

「ああ、たぶんな。肉親ってそういうもんなんだろうな。……理屈じゃねぇんだよ。情なんだ。だからさ、越後から妹が来て、おっかさんが死にそうだから会ってくれって言われたら、きついだろうなって思ったよ。かわいそうに。一番大事なときに、そんな話を持ってこられてさ。そりゃあ、お披露目の方が大事だよ。考えるまでもないことだ。だけど、なぁ。身を引き裂かれるようだろうな」

伊佐は口をつぐみ、自分の手を眺めた。

どこからか泣く子供とあやす母親の声がした。

「千代菊さんが言っていた。岡場所に売られそうになったとき、お母さんが逃がしてくれたんだって」

伊佐は黙っている。

「今日は残りの半金も持って来てくれた。明日、菓子のほうはよろしくお願いしますって」

おやというように伊佐が目をあげた。

小萩もはっとした。

「まさかと思うけど、明日、大福を包んだら、竜泉の百川に行ってみる」

「そうだな。その方がいい」

三

翌朝、いつもの大福包みを終えると、小萩は不安な気持ちを抱えて竜泉に向かった。

百川をたずねると、少女が出て来て、千代菊の住む長屋の場所を教えてくれた。

小萩はたずねた。

「昨夜は千代菊さんのお座敷はありましたか」

「ありましたよ。そのあと、夜遅くまでおかあさんと今日のお披露目の相談をしていました」

　少女は素直な様子で答えた。

　小萩は少し安心して長屋をたずねた。建って間もない新しい所だった。

「千代菊さん、おはようございます。小萩庵から来ました」

　戸を叩いた。だが返事がない。

　急に不安な気持ちになった。

　何度も声をかけていると、隣の女が顔を出した。

「千代菊なら昨日、ここには戻って来なかったよ。置屋にいるんじゃないのかい」

「いえ。……こっちにいると聞いて来たので」

　胸がどきどきしてきた。

　越後に帰るつもりなのか。

　だが、昨夜は遅くまでおかあさんと今日のこと相談をしていたそうではないか。

　一体、どこに行ってしまったのか。

　帰ろうとしたら、以前、稽古場で会った芸者が走って来た。

「千代菊は部屋かい」

　小萩の返事を待たずに、呼びかけた。

「いるんだろ。なにしているんだ。支度が間に合わないよ。開けるよ。いいね」

がらりと戸を開けた。

千代菊の姿はなく、部屋はきれいに片付いていた。

「妹さんのところじゃないですか。三ノ輪に泊まっていると聞きましたが」

「そっちには喜久佳姐さんが行った」

そして初めて気がついたように小萩を見た。

「あんたは……、たしか……」

「菓子屋です。日本橋の牡丹堂と言います。お披露目の菓子の注文を受けています。国のお母さんの病（やまい）のことをうかがっていたので……」

「ああ、そうかい。悪いねぇ。あんたにまで心配をかけてしまったのかい。今朝、最後の稽古をするはずになっていたんだよ。だけど、来ないから……。あの馬鹿、ほんとうになにをやっているんだ。ありがとうね。後のことはこっちでやるから。心配ないよ。菓子はうちの若い者が取りに行く手はずになっていたね」

「はい。昨日、残りのお代もいただいています」

女の目が光った。

「……千代菊が自分で払いに行ったのかい」

「……はい」

女は唇を噛んだ。小萩の肩に手をおいて何度も繰り返した。

「大丈夫だから。千代菊のことは心配しなくていいんだよ。本当にありがとうね」

それは自分に言い聞かせているようだった。

吉原の大門の通りで門の脇にいた若い男に千代菊のことをたずねた。

「あんたね、吉原芸者が何人いると思ってんだよ。いちいち名前まで覚えてらんねぇよ」

ぞんざいに言われた。

見返り柳の脇にしばらく立っていると、さまざまな人が通り過ぎていった。帰っていく男たちがいる一方で、魚や野菜を商うぼて振りや道具箱を担いだ大工や植木屋が入っていく。許可証となる切符を持った女たちも出入りしていた。

吉原にも人の暮らしがあるのだ。

しばらくそこにいて眺めていたが、こうしていても仕方がない。踵（きびす）を返すことにした。

気づくと日本堤を歩いていた。

柳の枝が小さな緑の葉をつけて風に揺れて、土手は草の緑に覆われていた。

越後はまだ雪に埋もれているのだろうか。そんな中、あの米という娘は千代菊を迎えにはるばる江戸にやって来たのだ。母親思いの仲の良い姉妹に違いない。

堤の先に千代菊の小さな姿が見えた。

小萩は走り寄った。

「千代菊さん、どこに行っていたんですか」

風呂敷包みを胸に抱いた千代菊はぼんやりとした目をあげた。

「ああ、あなたは……」

「みなさんが千代菊さんのことを捜していましたよ。長屋にも、三ノ輪の方にも人が行きました」

「……三ノ輪か。三ノ輪じゃ米が待っているんだ」

千代菊はつぶやいた。

「ねぇ、どうしたらいい？　帰りたいよ。帰りたいけど、今は帰れないんだ。おっかあが病気なんだ。あたしに会いたがっているんだよ。でも、できないんだ。……ひどいよね。あたしは心が冷たいんだ。自分のことしか考えてないんだ」

「そんなこと、ありません。だって、今日は大事なお披露目じゃないですか。今日のためにお稽古を重ねてきたんじゃないですか。芸の世界で身を立てていくんですよね」

千代菊の目に涙が浮かんだ。

「そうなんだ。そうなんだけど」

千代菊は地団太を踏んだ。

「目をつぶると、おっかあの顔が浮かぶんだ。あたしは売られるはずだったんだ。おっとうが話を決めて、もう手付の金ももらっていたんだ。それを知ったおっかあが、あたしを逃がしてくれた。峠を越えればあとは一本道だから、古町に知り合いの豆腐屋がある。そこに行ってあたしの名前を出したら大丈夫だからって。それで、あたしは家を逃げ出した。米が言っていた。その後、おっかあは怒ったおっとうに蹴られてひどい目にあったって」

「でも、芸者さんになったからお母さんの薬代も送れるようになったんでしょ。そう言っていたじゃないですか」

「そうだよ。本当はもっとたくさん送れたんだ。でも姐さんにそれはだめだって言われたんだ。災いになるって。金は人の心を変えるから身内にも金の話はしたらだめだ。金は自分の芸のために使うもんだって。……幸せになろうと思って一所懸命やってきたのに。そのための二挺鼓で自前芸者なのに。これじゃ、ちっともうれしくないよ。あたしは今まで何をやってきたんだ」

千代菊はぽろぽろと涙をこぼし、ふらふらと歩き出した。

「そっちに行ったらだめですよ。その先は泪橋ですよ。千代菊さんの戻る場所は竜泉のおかあさんや喜久佳姐さんのところです」

板子一枚下は地獄。三味線抱えた吉原からす。
浮けば極楽、沈めば地獄。
見返り柳を背にして歩みゃ、渡っちゃいけない泪橋、修羅に続く投げ込み寺よ。

吉原雀の唄が頭に浮かんだ。

「つれあいが言ってました。きっと身を引き裂かれるようだろうって。うちの人は十年以上も会っていないお母さんが突然現れて、金の相談をしてきたんです」

――目の前のかあちゃんが泣いているのを見ると、かわいそうで、いてもたってもいられなくなるんだ。もう、俺はどうなってもいいって思えるんだ。

「千代菊さんも今、そういう気持ちなんじゃないですか」

涙でぐしゃぐしゃになった顔で千代菊はうなずいた。

「おっかあは自分のことなんか、ひとつも考えないんだ。いつも、あたしや米やおっとうのことばかりなんだ。おっとうは酒飲みで、酔っぱらうと大きな声で怒鳴(どな)ったり、あたしたちやおっかあに手をあげるんだ。でも、おっかあは、おっとうのことを悪く言わない。

おっとうも昔はこうじゃなかったって。やさしくて、思いやりがあったって。だけど、あんまり冬が長いから、働いても働いても暮らしが楽にならなくて先が見えないから心が折れてしまったんだって、そう言うんだ」

小萩は千代菊の肩を抱いた。

「昨日、米の顔を見たとき、あたしは胸が痛くなった。米がどんな思いで暮らしてきたか分かったから。米はおっかあに似て辛抱強いんだ。思ったことの半分も口にしない子なんだ。いつも人の陰に隠れてうつむいているんだ。その米が江戸まであたしを捜しに来たんだよ。何があっても、何を言われても連れて帰るって覚悟を決めたんだ」

千代菊の悲しみが胸に伝わってきて、小萩は体が震えた。

気がつくと、二人で抱き合って泣いていた。

ふと顔を上げると、堤の先に米の姿があった。

「ねぇちゃん」

米が呼びかけた。

千代菊がゆっくりと振り向いた。米が白い歯を見せて笑った。千代菊もそれに答えるようにぎごちなくうなずいた。

「さっき、三ノ輪の宿に喜久佳姐さんって人がねぇちゃんを捜しに来たんだ。江戸に着いたときのねぇちゃんの話を聞いたよ。ひどく痩せて、着物は汚れてひどい姿だったって。それから置屋で働き始めた。姐さん芸者の中には意地悪な人もいたけれど、ねぇちゃんは辛抱強くて暇を見つけちゃ誰よりも一所懸命、三味線や踊りの稽古をした。だから、二挺鼓を伝えるのはこの子しかいないと思ったんだって。ねぇちゃんは頑張ったんだね。……思い出したよ。角兵衛獅子でもねぇちゃんは、すごかったよ。倒れても転がっても起き上がってトンボの稽古をした」

「……今はもう、トンボは切れないよ。体が重くなったから」

「でも、頭の傷はまだ残っているだろ」

二人は顔を見合わせて微笑んだ。

「おっかあはねぇちゃんが自慢だ。ねぇちゃんが送ってくれる金もありがたかったけれど、文はもっと喜んでいた。おっかあは字が読めないから、おらが読んでやった。何度も読むから、おっかあはすっかり覚えちまって……、このごろは少し読めるようになったんだよ。……おらはそういうねぇちゃんが自慢で……、少し悔しかった。だって、あんまりおっかあがねぇちゃんのことばっかり話すんだもん」

「……ごめんね。あんたには苦労をかけたね」

「いいんだ。いいんだよ。おらはねぇちゃんと違うから……。おっかあが病気になったら、おっとうはすっかり元気がなくなっちまった。困った顔してる。酒もね、もう……あんまり飲めないんだ。体が受け付けないんだってさ」

米はうつむいた。

「……そうか、そうなんだね」

米は千代菊の手を取った。

「だから……、いいんだよ、もう。おらは越後に帰るから。おっとうとおっかあには、ねぇちゃんは竜泉の料理屋の仲居をしているって言っておくさ。吉原の芸者になったなんて言ったら、びっくりするから。……大丈夫かい。こんなに長く話して。お披露目の準備もあるんだろ」

「ああ、そうだね。うっかり忘れるところだったよ」

そう答えた千代菊は、すっかり越後のたゑの顔になっている。

「そうだ。おめぇ、もう一晩泊まっていきなよ。おらの部屋に来ればいいさ。二挺鼓を聞いてもらいてんだ。百川のおかあさんに頼めば、後ろの方に座らせてくれるさ」

「おらがぁ？　だめだよぉ。こんな田舎もんがいたら艶消しだよ。ねぇちゃんは池之端の医者の娘なんだろ。おらは外でいい」

「いいんだ、もう。そんなことはさ。おらはおめぇに聞いてもらいてんだ」

似ていないと思った千代菊と米だが、笑い顔は同じだった。

二人はお国言葉で語り合い、仲良くいっしょに戻っていった。

翌朝発つ米のために、千代菊は小萩に日持ちのする羊羹をたくさん注文した。

「たっぷり砂糖の入った甘い羊羹にしてくれ。おっかあは甘いもんがなにより好きなんだ」

小萩は朝一番で菓子を届けた。米は羊羹を背負い、千代菊に別れを惜しみつつ、旅路についた。

何日かして千代菊から無事お披露目が済んだと礼が届いた。

「あのときはありがとうございました」と書いた文を添えた、大きな立派な仕出し弁当だった。中には鯛の焼き物にえび、卵焼きにかまぼこなどがぎっしりと入っている。

「これが吉原の流儀か。豪勢なもんだ」

「すげえなぁ、引手茶屋でこれを食うにはひと財産いるな」

「まぁ、留助さんはどうしてそんなに詳しいの」

みんながいっせいに口を開いたので、ちょっとした騒ぎになった。その晩、隠居所の弥兵衛やお福も呼んでみんなで分けて少しずつ食べた。

今年もまた桜の季節が巡って来る。

吉原の仲之町の通りには桜が植えられ、花見が催されるのだろうか。吉原は日本一の盛り場だ。どこよりもにぎやかで贅沢な場所だ。

千代菊は今日もお座敷に出ているに違いない。悲しいことなどひとつも知らないような顔をして、お客さんを楽しませているのだろう。

どこからか千代菊の二挺鼓の音が響いてきた気がした。

卵焼きが少しだけ塩辛くなった。

光文社文庫

文庫書下ろし
ひとひらの夢　日本橋牡丹堂 菓子ばなし(十一)
著　者　中　島　久　枝

2024年1月20日　初版1刷発行

発行者　三　宅　貴　久
印　刷　KPSプロダクツ
製　本　ナショナル製本

発行所　株式会社　光　文　社
〒112-8011　東京都文京区音羽1-16-6
電話（03）5395-8147　編　集　部
8116　書籍販売部
8125　業　務　部

ISBN978-4-334-10194-7　Printed in Japan

組版　萩原印刷